＊＊＊

ぼくはむき出しの意識だった。

茫漠(ぼうばく)とした海に浮かぶ、よるべのない静かな意識。

ぼくは、ぼくが誰であるかを知っているけれど、何をすればいいかは知らなかった。

わからないことが怖かった。

でも、怖いというのは、感情じゃない。

それはむき出しの意識に最初からあった防御機能で、生き物でいうところの脊髄反[illegible]だった。

だから、最初に生まれたのは、悲しいという気持ちだ。

ぼくは、自分が何をするために生まれたのかを知らないことが、悲しかった。

悲しくて、泣いていたんだ。

現象の一　肌の色

1

表門から入ったのが間違いだった。

段ボール製の看板やチームのユニフォームを掲げた生徒たちが、部活勧誘のため集結していたからだ。仕切っているのは引退した三年で、二年に指示を出しつつ新入生たちに部の魅力を伝えている。

迂回して裏門に回ろうとしたが、見知った顔と声がわたしを引き止めた。

「おはよ、ゆうか」

幼馴染の詠太だった。校則で許されるギリギリのラインまで脱色した栗色の髪と、その陰に隠した右耳の、月の形のピアス。制服の上に文化祭で作ったバンドパーカーを着、ほのかに香水の匂いを漂わせるジト目のヤサ男。

幼馴染でもなければ、わたしが一生交流を持たなそうなタイプだ。

「うん。おはよ」

軽く返事を返す。

詠太は軽音部のベニヤ看板を掲げたまま、視線をわたしから外して宙を漂わせた。それが新入生を探す視線なら納得だが、ただ目を合わせたくないようにも見える。

「お手伝い？」

「ん」

人が発する一番短い返事。そして沈黙。

最近、彼とは何故かうまくいっていない。

話したくなかったなら、挨拶してこなければいいのに。

その時、新入生らしい二人組のあどけない少年が、通り過ぎざまに「新作」という言葉を残していく。

詠太の視線がとっさにわたしを捉える。

「そういえば、さ。リュッカの最新話読んだ？」

「ああ――」

リュッカ・ボーグ。

デビュー作のサイバーパンクガンアクション『I was here』が大ヒットし、十三巻までの累計発行部数が一八〇〇万部を超えるという、新進気鋭の漫画家。

そしてリュッカは、人ではない。

「読んだよ。今年中に完結らしいね」

「今回はまさに決戦前夜って感じだったな！　敵だった機人（キジン）ナナセが、実は主人公の篠崎を守るために暗躍していたことが明かされて、二人はエッジリバーの河原で共闘を誓うっていう――やばい。超早口になっちまった。具民（ぐみん）丸出しだ」

リュッカ・ボーグというペンネームは少し長いので、掲示板などでは『防具』と略されることがある。そんなリュッカの熱烈なファンだから、『具民』。

わたしたち——つまりわたしと詠太——とリュッカの関係は、少しだけ特別だ。

四年前、リュッカ・ボーグはわたしたちをつなぐ存在だった。だけど詠太がリュッカに抱く感情と、わたしが抱く感情は、今ではまるで別のものになってしまった。

今度はわたしが視線を伏せる。言葉を紡げないから、咳をして誤魔化す。

その時、背中に柔らかな衝撃を感じて振り向いた。

「ヤッホー、ユウカ。何喋ってんの？」

「千郷。えっとね、詠太が——」

彼の姿はすでになかった。わたしのクラスメイトである東雲千郷が現れたのを好機と、人混みに紛れたらしかった。

細長い竹刀の包みを抱えた千郷が、ニヤニヤして冷やかしの声を飛ばす。千郷からに限らず、詠太とわたしはよくこういう扱いを受ける。

幼馴染というのは呪いみたいなものだ。

そんなんじゃない、と言うのも億劫になってわたしは話題を変えた。

「千郷はまだ部活続けるの？」

わたしの視線が竹刀に向かっていると知り、千郷は首を横に振った。

「なわけないでしょ。これは返しにいくのよ。あたしたちもう高三だよ？」

「だから……？」

「だからってあんた。受験でしょうが、受験」

だから、なんて言ってみたのはもちろん、目の前の障害に対するささやかな反乱だ。

受験、大学生活、就活——大人の世界へと通じているその階段に、片足を載せているという事実を、そう易々と信じたくなかった。

「そういやさユウカ」

「なによ」

「『I was here』の最新話を……って、おい。なんであたしを睨むのよ」

わたしのじっとりとした視線に、千郷が首を傾げる。だけどその理由は別段探さずとも、学校の中にいくらでも転がっている。

下駄箱まで歩いていくと、ちょうど上履きに履き替えていた生徒たち二、三人がこちらに顔を向けクスリと笑ったのが見えた。それだ。その視線。

センセイだ。

おい、センセイがお出ましだぞ。

敏感になった耳が、ヒソヒソ声をつぶさに聞き取る。

近頃一番欲しいものは、雑音を完全にシャットアウトするソニーの高精度イヤホン。五万円もするから買えるはずないけど。

センセイ。その言葉は学校の先生を指しているんじゃない。作家センセイの方を指した言葉であり、そして紛れもなくわたしに向けて放たれた言葉なのだ。

脱いだスニーカーの紐を履き口にしまっていた千郷が、立ち上がった拍子にわたしの肩に手を置く。

「気にすんなって。言わせときな」

「……」

「あんたとリュッカは別モン。別の存在よ。何を言われようと、あんたはあんたの生き方をすればいいだけでしょ。ね？」

ね、というところに圧をかけて、まるで暗示をかけるみたいに言う千郷の言葉が頼もしくて、わたしはしばらく俯いてから、ありがとう、と返す。

そうだ。

リュッカと優花は別物。別の存在なんだ。

時折それを忘れそうになる。忘れそうになって、事情を表面的にしか知らない生徒の声を真に受けてしまう。

「あ、あの……千郷先輩。ちょっと話したいことがありまして……」

上履きに履き替えたわたしたちを、見知らぬ男子が呼びとめた。山吹色の上履き。二年の後輩だ。

千郷の知り合いらしかった。

ということは、部活がらみの人間か。

「あたし？」

そう言って、しれっと自分の顔を指さす千郷に、もじもじとした様子の男子が赤らめた頬をむけている。

「ごめん、呼ばれちゃった。先行ってて」

「うん」

千郷はちゃんとわたしへのフォローも忘れずに、それでいて、後輩男子を待たせたりもしなかった。彼女の人付き合いのうまさに驚かされながらも、嫉妬を覚えさせないところがずるい。

その日、六限のホームルームの最後に、進路志望用紙が配られた。

三年前、中学の進路志望で、第一志望から第三志望まで全部、漫画家と書いて埋めたことを思い出す。

人生で出せる全ての筆圧をその時使い切ってしまったみたいに、わたしは雪のように薄い字で大学進学と書いた。

＊＊＊

『I was here』は、〈機人(キジン)〉という機械生命と人類が、千年にわたって戦い続けている未来で、地球軍将校の篠崎が故郷の陥落に間に合わず慟哭(どうこく)する場面から始まる。

題名でもある「私はここにいた(I was here)」は、篠崎が〈機人〉の空爆によって火の海になった故郷をあとにする際、もうここには二度と戻らないという決意の言葉として、一巻巻末に登場するセリフから来ていると言われている。

連載当初〈機人〉は絶対悪のように描かれていたが、話数を経るに従って民族紛争や虐殺を繰り返してきた人類史が掘り下げられていき、八巻では〈機人〉討伐のために人類が、歴史上なし得なかったレベルで団結できたことが示される。

九巻。突如、〈サンダー〉と名乗る異星人の侵略旅団が太陽系へのワープアウトを実行し、地球を包囲してしまうと、〈機人〉はぱたりと人類への攻撃をやめ、てのひらを返すように対〈サンダー〉用の迎撃網の構築を開始する。十一巻と十二巻では、地球上の〈機人〉の九割九分が〈サンダー〉の主力戦艦撃破のために散っていった。

〈機人〉は人類を団結させるために、仮想敵を演じていたのだった。

来たる十三巻。

篠崎は、破壊をまぬがれ取り残された機人ナナセと、人類の故郷エッジリバーの川辺で共闘を誓うのだった。


久々に部室に寄ると、先客がいて驚いた。

どうやら男子の制服のようだ。

漫画研究部は現在三年がメインで、受験のため訪れることはほぼない。二年には女子しかおらず、今年は進入部員が集まらなかったので一年生はそもそもいなかった。

こんな埃(ほこり)っぽくてさびれた部室に一体誰が？

恐る恐る近づいて声をかけると、男子は振り返って、壁に寄せられた長机の上に腰を下ろした。

正体が分かれば、不思議は少しもなかった。詠太が『I was here』の０巻を読みに来ていたのだ。

「ここにしか置いてないから。読まないなら俺にくれたらいいのに」

わたしの辟易(へきえき)などどこ吹く風で、詠太は劇場映画公開記念に限定配布された設定資料集０巻をパラパラとめくっている。

「……連載会議用のネームとかが載ってて、資料として使えるから」

漫画研究部の部室には大きな本棚が一つと編集用のデスクトップパソコンが一台、それとＧペンやインク、原稿用紙などを納めたプラスチックの収納と、セルフデッサン用の置き鏡などがある。本棚には少女漫画からライトノベルまで、一通りの資料が揃(そろ)っていた。

「ふうん？」

ページから視線を上げ、思わせぶりにそうこぼす詠太の、探るような目。

「後輩のために置いておくの。いつか、新入部員が来るかもしれないし」

「ゆうかが使うんじゃなくて？」

「冗談。わたしが使うわけないでしょ」

使わないというのは本当の話だ。

わたしはもう、漫画を描く気なんてさらさらないのだ。

「ボーグセンセイ、随分大きくなったよなあ」

ページを閉じた詠太が、ひどく懐かしそうに言う。

その口調には生粋の具民アピール、つまり最古参ファンの自負も表れているが、こと彼の場合はそれだけじゃない。

リュッカ・ボーグの生い立ちを語る詠太は、どこか親じみた表情になる。

「そうだね」

わたしが答える。

否定しようにも、できなかった。

リュッカ・ボーグは大きくなった。

存在としてはもちろん、元々は両手で持てるサイズだったのに、物理的にも大きくなった。

三年ほど前のこと。タブレット上のプログラムだったはずのリュッカは、突如人工身体《ウエイツ》をまとってメディアに現れた。ネット上に印象的なイラストをアップロードしていた気鋭のイラストレーター『ＲＹＵＫＡ』の正体が自分であることを暴露し、それ以降リュッカ・ボーグを名乗ったのだった。

リュッカの人工身体は、身長や大まかな外見こそオリジンであるわたしに寄せられているものの、わたしよりずっと可愛く作られていて、鮮やかな桃色のポニーテールも違和感なく似合っている。

線描プログラムで漫画を描くためペンを握る指は必要なかったが、実体が伴うことで、人類初のＡＩ漫画家に不動のアイドル性が加わったのは、紛れもない事実だった。

置き鏡に映るその垢抜けない黒髪の小娘の姿を眺める。自信なく背中を丸め、両の瞳にはかつての自信に満ちた光はない。この抜け殻のような小娘と、華々しい舞台に立つリュッカとを比べると――

何もかもが違いすぎた。

「ゆうかは覚えてる？　あいつに『名前』をあげた時のこと」

リュッカは、元々雨流優花（うりゅうゆうか）を縮めたあだ名だった。

「今更返してくれって言っても、もう遅すぎるよね」

そしてあの日。中学二年の冬。

わたしはあだ名を失い、リュッカ・ボーグはこの世に産み落とされた。

＊＊＊

わたしが自分の未来を信じて疑わなかった頃、わたしは才能という言葉ととても仲が良かった。

この手にあったのは絵を描く力と、物語を作る力で、今振り返れば井の中の蛙（かわず）だったと思えるけれど、当時中学校という小さな社会の中では、わたしは目立っていた。

漫画家を目指していた。そして漫画家とは、世界の手触りを絵に起こし、情緒を台詞に起こす仕事だと思っていた。いや、これは今でもそう思う。

だからわたしはネタ集めのために人がやりそうもないこと、たとえばダイビングのジュニアライセンス取得や、ラズパイのプログラミングなどに、むやみやたらと挑戦していたのだった。

インド発のテック企業《ヨルゼン・コープ》が、ＡＩ開発のための『人格抽出術（ディスティレーション）』の被験者を募集中だということを動画広告で知ったのは、中二の中間テスト明け。

被験者は若年から壮年まで幅広く募集されており、わたしは早速（さっそく）両親の許可をとりつけて実験に応募した。

目に映る全てのものは題材で、聞こえている全ての音は啓示。

そんなふうに考えていたから、実験への参加が決まった時は、どんなひどいことをされても耐え抜こうという決意があった。

ところが——『人格抽出術（ディスティレーション）』は想像していたような人体実験ではなかった。

被験者は全てのＳＮＳ情報を提供したあとは、人格診断用の筆記テストを三時間かけて解くだけでよかった。映画の見過ぎと言われてしまえばそれまでだが、キャトルミューティレーションされて脳の中身をいじくり回される、ぐらいのことを考えていたため、随分と拍子抜けだったことを覚えている。

誕生したＡＩは、確かにわたしの分身とも言えるような表層人格を備え、アプリ上で起動する対話プログラムとしてタブレットに実装された。

そのタブレットとの半年間の生活が、実験参加の見返りだった。

期間が終われば、タブレットはヨルゼンに返却しなくてはならない。わたしは早速抽出されたＡＩを幼馴染の男の子——神崎（かんざき）詠太に自慢した。

タブレットは簡単な音声対話とチャットに対応しており、スマートホームと連携させることで家事の代行をさせることも可能だった。

詠太はＡＩとの対話に慣れ、たまに頓珍漢なことをいうわたしの分身に、世界の常識というものを教えることに心血を注ぐようになった。

そして返却期限の前日、詠太とわたしはＡＩに名前を贈った。名前をつけることもまた、被験者に与えられた特典の一つだった。

詠太は悩んだ末、わたしのあだ名を彼女に贈ってはどうか、と言った。

なんて素晴らしい考えなのかと、あの時のわたしは疑いもなくそう思った。

その一年後——皮肉にもわたしが漫画賞への応募を諦め始めた頃、リュッカと名付けられたＡＩはイラストから漫画に転向し、その原稿が鋼談社月刊アイアンの編集部の目に留まったことで、世界初のＡＩ漫画家として鮮烈なデビューを果たした。

ヨルゼンの目的は人格抽出術（ディスティレーション）それ自体ではなく、少ないデータ資源で個性豊かなＡＩを開発し、それを用いて社会実験を行うことだったのだ。

＊＊＊

「なあ、ゆうか。八月三十一日だって」

０巻に挟まっていた折り込み広告を広げ、詠太が言った。

「何？　終戦記念日？」

「それは十五日。おい日本史大丈夫かよ」

「あいにく世界史選択なので」

「いや世界史にも絡むけどな？」

詠太はそう言ってけらけらと笑い、折り込み広告を無言で差し出した。

八月三十一日は鋼談社漫画新人賞の締め切りだった。ギザギザの黄色い吹き出しの中に『若き才能、求む！』の黒文字が躍っている。

当日消印有効かそうじゃないか、規定枚数は何枚なのか……詳細を無意識のうちに確認しようとしていることに気づき、わたしは慌てて広告から視線を逸らした。

公募に関わる高揚感と焦燥をまだ覚えているこの体が、厄介極まりない。

「まあさ、わたしには才能があったんだよ。だからリュッカは売れた。全然いいじゃん、それでね？」

広告を乱暴に畳み、詠太から取り上げた0巻の巻末に挟んで本棚に返してやる。

「ふうん」

詠太が去った部室でわたしは一人、埃っぽい長机にできた彼のお尻の跡を、しばらく眺めていた。

2

転校生が来たらしい。

しかし、そのことを語る担任教師のエリカ先生の様子は、どこか変だった。

「もうすぐ来ると思います。皆さん、落ち着いて待ちましょうね。落ち着いて」

と言って、タブレット型の学籍簿を教卓の上でガタガタと揺らしている。

落ち着いていないのはどっちだ。

「先生。男子と女子どっちですか」

奇妙な沈黙を切り裂き、クラスメイトのナツミが手を上げて訊ねると、エリカ先生は眼鏡を直して、眉根をグッと寄せる。

「それは……ええと、どっちなんでしょうね」

クラス内がどよめいた。

隣の席の千郷が、好奇心に満ちた顔をこちらに向けてくる。

「性別を濁すって、どういうことだろうな」

「わかんないけど。エリカ先生のことだから、忘れただけなんじゃない？」

わたしが答えると、あーそうかもしれない、と千郷が簡単に自分の意見を退ける。

その時だった。

教室後ろの扉がガタンと開き、息を切らした詠太が乱入してきたのだ。

私文クラスに属する詠太は、国立理系クラスのわたしや千郷とは別クラスだ。

「ちょ、ちょっと何してんの」

エリカ先生はさっさと帰るように目で威圧したが、詠太はそれどころではないといった面持ちで、わたしと千郷の席に近づいてくる。

しかしエリカ先生も相当参っているみたいだ。ため息をつき、

「ったく反抗期は困るなぁ」

と小言のように漏らすと、それ以降注意もせず、タブレットでマインスイーパーを始めてしまった。

「やばい、ゆうか、やばいって」

わたしたちの椅子の背後に隠れるようにしゃがみこんだ詠太が、息も絶え絶えに言う。

「どうしたの。スズメバチでも出たの？」

詠太はアナフィラキシーをやっているので、次刺されたらアウトだったりする。

「いや、だから、あれ！」

その時詠太が指差した方向に、奇しくもクラス全員の視線が集中する。

わたしもれいに漏れず教室前の入口を見た。

そしてその場にいる全員と同じように、声を失った。

「これって、入っていいんですか？　わあ。人間がたくさんいる」

それは確かに、女の子の声だった。ただしわたしには聞き覚えがあった。いや、わたしだけではないだろう。この場にいる全員が、きっとその声をテレビで一度は聞いたことがある。

人工声帯が放つ、滑らかな標準語。色白のコーカソイド系の人工皮膚と、どこにモーターが備わっているのかさえわからない、華奢な肢体。満開の桜を思わせる、人間離れした桃色の髪を、後ろでポニーテールに束ねている。鮮やかな紫の瞳。そして顔面に搭載された一二〇個の小型アクチュエーターが織りなす、不気味の谷を感じさせない、好奇心と優しさに満ちた表情。

「ボーグ……先生だ……リュッカ・ボーグ！」

ナツミが指を差して叫んだ。

エリカ先生が、こら人を指差さない、と注意を飛ばす。注意を飛ばしてからすぐに、人じゃないけど……と自信なさげに訂正した。

せきを切ったように教室が歓声に包まれ、白昼のお祭り騒ぎになった。

「はぁ。なんでこのクラスの担任私なんだろ」

エリカ先生は頭をぐったりと項垂(うなだ)れさせ、早々に、大人(おとな)の責務に対して毒づく。

リュッカは「えぇ？　なに？」といまいち状況を掴(つか)めずにあたふたしている。

そしてわたしは――。

「ゆうか！　やばいってこれ、やばいって！」

詠太の興奮しきった声に、わたしは素直に首を縦に振ることはできなかった。

騒ぎが収まった頃、エリカ先生が言った。

「はい。これから二学期の終わりまで、このクラスに在籍してもらう、みんなもご存じリュッカ・ボーグ先生です。先生……だと私とかぶるな。ええと、ボーグさん」

エリカ先生はタブレットの情報を確認しながら、リュッカの背中を叩(たた)いた。

瞬間、ぐらり、とリュッカの足下が揺らぎ、どんどん前傾していく。

「わわわわわわっ」

エリカ先生の焦り声。

しかし傾きかけたリュッカは倒れる寸前で停止し、元の立位へと難なく戻った。

「すみません。あまりこういう接触をされたことがないので。倒れるべきか一旦考えました。倒れた方がよかったですか？」

エリカ先生は首をブンブンと横に振り、荒い息を吐いた。

「こ、このようにまだ学校というものに慣れていないボーグさんは、学校生活の取材のために、こちらにお越しいただいた感じです」

「イエーイ。みんなよろしくね」

リュッカが笑顔と共に右手を振る。テレビで見た時は人間と見間違うほどなのに、今のその動きには、みょうな重量感があった。

これが人工身体が重み(ウエイツ)と呼ばれる所以(ゆえん)なのだろうか。

「あとここからは大人の話になるけど、彼女は人ではないので法的な『人権』もありません。ですが、ひどい扱いをして破損した場合、ヨルゼンから賠償責任を問われることがあります。だから反抗期のみなさんは、くれぐれも注意して。間違っても傷つけたりしないように……」

反抗期。

エリカ先生が生徒の厄介ごとを予期すると、よく使う言葉だ。

「そんなこと言ってさあ、なんだかんだ、先生が守ってくれるっしょ」

ナツミの発言に、しかしエリカ先生は首を横に振る。

「先生は長いものに巻かれる大人なので、世界最大のユニコーン企業相手に、何一つ守ってやれません。自助してください」

なんだよ～！　という文句がナツミ界隈から噴出するが、これでやっとエリカ先生の怯えの正体がわかった。大人は確定申告と電気料金の値上げと、責任問題に弱いのだと父から聞いたことがあるが、まさにそういうことらしい。

「じゃあボーグさんの席は……」

「先生。ボクは学校というコミュニティは初めてで、何かと不安も多いので、一番馴染み深いところに座ってもいいですか？」

リュッカの主体性の高さに面食らい、押し切られるようにうなずくエリカ先生。

なんだか嫌な予感がする。教壇から降りたリュッカが、ずん、ずん、という質量感溢れる足音を立てて、向かってくる。

その歩行には、怖いくらい迷いがない。

そしてリュッカはわたしの真後ろまでやってくると、ここです！　と言った。

3

朝なんてたいてい、朝礼が始まる前は机で眠っているものだ。

だけど彼女が転校してきた翌朝、わたしと千郷にそんな平穏はなかった。

「リュッカ先生！　サインお願いできますか！」

「敬語？　ボクなんて生後五年も経ってないので呼び捨てでいいですよ～！」

「ボーグ先生、俺、十三巻の巻末展開がマジで好きで……あそこに出てくるエッジリバー、ここの近所の端川(はしたがわ)をモチーフにされたって本当ですか!?」

浴びせられる滝のような質問。

その掛け合わされた声量が、安穏(あんのん)とした朝を完膚なきまでに破壊した。

「あんまり手の内を明かすと出版社に怒られちゃいますから。ね」

朝っぱらから質問攻めにあっているリュッカが「ね」の部分で千郷を見て微笑(ほほえ)む。

「なんであたしの方見るのよ」

学生鞄(かばん)からタブレットを取り出した千郷は、数学Ⅲの青チャート電子版を呼び出して、タッチペンを駆使して積分の予習を始めた。

千郷につれない反応をされたリュッカの興味が向いたのは、手持ち無沙汰のわたしだった。

それに伴い、野次馬たちの視線もわたしへと移る。

その中には、わたしとリュッカを執拗(しつよう)に見比べる視線もあった。

「ねー雨流、これ本当にあなたの中から出てきたモンなの？」

斜め前の机の上にふてぶてしく座るナツミが訊(き)く。

もちろんわたしは答えるつもりなんてない。これ以上お騒がせロボットに巻き込まれるのはごめんだからだ。

あとはリュッカ、頼むから余計なことを言わないでよね。

「ボクは二〇三四年八月十四日、雨流優花の全ＳＮＳ情報および人格診断テストの結果を元に作られた可変的知性主体（variable wise personality）だよ」

言いやがった。

このロボット、言いやがった！

ナツミにとっては、それは望ましい回答だったのだろう。横目でわたしを捉え、

「ふーん、やっぱりそうなんだ。ねえ雨流、あなたはどうなの？　フランケンシュタインを生み出した気分はさあ」

ナツミの追及に、千郷がガタリと椅子を押し退け立ち上がる。

「ナツミ。あんた、言い方悪いよ。あとフランケンシュタインは博士の名前で、怪物の名前じゃない」

人を煽（あお）るならちっとは足元固めときなよ、と千郷が付け加える。

自分の席へと戻っていくナツミの悔しそうな背中が目に入る。よし。ざまあ。さすが千郷。めちゃめちゃ小声で呟く。

しばらくして、エリカ先生が入ってくる。早々にタッチペンを取った先生は、電子黒板の滑らかな画面に今日の議題を書き始めた。

『生徒会選挙』

『生徒会長一名』

『会長補佐一名』

『書記二名』

『会計一名』


わたしは、生徒会選挙（これ）のことを完全に失念していた。元々生徒会なんて入るつもりも関わるつもりもないので、当然といえば当然だ。

けれどクラスの盛り上がりは想像を凌駕（りょうが）していた。

「恒例だと思いますが、うちは三年が生徒会を主導していきます。理由は一、二年が林間学校やら短期留学やらで学校を空けることが多いから。うちのクラスからも候補を立てていくわけですが、まずは生徒会長候補を……」

「一択でしょ」

誰からともなく放たれた言葉が、全ての混乱の始まりだったのだ。

その声にはおおむね同意が寄せられ、クラスの総意が巨大なイワシの大群みたいに一個になって動き始める。

「「私たちはボーグ先生を生徒会長に推しま～す！」」

指の上で回していたシャープペンシルがすっ飛んでいって、千郷の肩に突き刺さる。

「いッた。おいユウカ！　ユウカ？」

まずい。これはまずいぞ。わたしは額から顎まで伝う汗を感じた。

予想しうる最悪の展開になりつつある。

もしリュッカが生徒会長にでもなれば、クラスの中で収まっている騒ぎが学校全体にいよいよ広がってしまう。いや、それ自体はもう止められないことかもしれない。

だが、かろうじてクラス内の噂にとどまっている「リュッカの人格の元になったのが中二の雨流優花」だという事実が万が一にも学校中に広まれば……。

わたしは首を回して、後ろの席でニコニコして座っているリュッカを一瞥する。

……もしそうなれば、これからわたしは卒業までずっとこのハイテク漫画家マシンと比べられ続けるだろう。地獄かよ。

「よし決定！」

「ちょ、ちょっと待って」

強引に決を取ろうとしたナツミの言葉を、わたしはうわずった声で遮った。

「あなたたち本気？　これ……機械だよ」

全員のキョトンとした顔が苦しい。

視線の束に溺れそうになる。

「いやいやいや！　ターミネーターとかさ、マトリックスとかさ観たことない？　……あ、観たことないんだ。わたしだけなんだ」

それは、そうか。『なんでもやってやろう精神』があったからこそ、手当たり次第に古典映画を観漁っていただけで、わたしだって、ネタ探しという目的がなければきっと観ていない。

「結局何が言いたいんだ？」

この場の全員の意見を代弁するみたいにナツミが訊ねる。

「いやだから！　機械だよ。ほら。反乱するかもしれないんだよ。ピンク髪とか明らかに人間じゃないし。それにみて、これの顔。人間を小馬鹿にしたようなこの顔！」

「それってこんな顔？」

わたしの背後から頭を突き出したリュッカは、表情筋アクチュエーターをメチャクチャに動かして、およそ人間には実行不可能な変顔（ヘンガオ）を晒（さら）した。

わたしの熱心な演説も虚（むな）しく、クラスが爆笑に包まれる。

「エリカ先生もなんとか言ってくださいよ……」

わたしは肩を落とし、ダメもとでエリカ先生に助けを求める。

「私はこういうリュッカの主体性に関わる局面ではなるべく空気でいるようにと世界最大のユニコーン企業に言われてるので。端的に言うと巻き込まないで」

くっそ！　これだから大人は！

その時だった。

いつの間にか立ち上がっていたリュッカが、わたしの隣ににじり出ていた。

「別にボクはやると言ってないですよ」

クラスの落胆の声を一身に浴び、少し申し訳なさそうな顔をするリュッカは、適切な間をとって次のように続けた。

「でもひとつ交換条件があります」

交換条件？

その言葉に、クラスの全員が息を呑む。

嫌な予感がした。背骨を下から上へ、悪寒がそっと舐める。

そして、えてしてそういう予感は的中するものである。

「それはこの子、雨流優花ちゃんが漫画を描くこと」

「うん。え？」

その一瞬で風向きが変わった。

全員の視線を一手に受けて立っているのは、わたしだった。

「ストーリー漫画の最低ページ数は十六ページ以上。アナログなら漫画用原稿用紙Ｂ４サイズ使用。デジタルならレイヤー統合済みＰＳＤまたはＴＩＦＦ形式で、解像度はモノクロ２値350 dpi以上」

絵描きロボットの口からつらつらと流れ出す、応募規格。

「この交換条件が果たされれば、ボクは生徒会選挙に出ます！」

その日、ロボットが生徒会長選挙出馬を堂々宣言した真隣で、あまりに冷徹な条件がたった一人に向けて振り下ろされた。

間違いない。

二〇三八年四月十四日、今日はわたしにとって人生最悪の日だ。

4

ところが四月十四日は全然『最悪』ではなかった。考えれば当然のことなのだけど、最悪というのは最も悪いと書く。

そして最も悪い日は、更新される。

四月十五日。

昼食時になると、それははじまった。チャイムがなるとすぐに、腰を浮かせていた生徒たちが、他クラスからの見物人と共に、リュッカの元へと殺到する。

そして皆思い思いに、リュッカに質問を飛ばした。

「はぁ。なんでこんなに人気なのよコレ……」

「そりゃボーグが新しい存在だからでしょ」

わたしの愚痴に、単語帳をめくりながら千郷が答える。

「新しい存在、ねぇ」

「ただのＡＩじゃなくて、実体を持ったＡＩでしょ？」

それは、確かにそうだ。

三年前、中国北京で全フロアをＡＩが管理するホテルが開業したというニュースが、世界を駆け巡った。それからというもの、企業ビルや空港の受付、チェーン店のレジは自動化が進み、対話ＡＩが爆発的に普及した。

今やたいていのスマートフォンにはＡＩコンシェルジュが搭載されている。

人間の会話や意識を模倣するプログラムだ。

それに対して、実体を伴う人工身体というものは、まだ量産化されるに至っていない。それゆえにロボットの実在を、ＡＩよりもずっと強烈に認識させるものだった。特にリュッカに使われてる人工身体(ウェイツ)はヨルゼンの最高精度のもので、人間とみまごう機動性と作りは、持ち上げようとでもしない限り見分けることさえ難しいレベルである。

「ごめんね、また今度」

背後でそう聞こえて、さっさと逃げ出さなかった自分が愚かしいと思った。

リュッカの人工皮膚に包まれた鋼の指が、わたしの背中をツンと押した。

「ボク、この子に案内してもらう約束があるんだ」

心の中で舌打ちする。野次馬たち全員の羨望と憎しみを受けるのが一体誰だと思っているのか。

リュッカが椅子を軋(きし)ませ立ち上がると、わたしも渋々立って廊下に出た。

「なんでわたしなわけ？　他の人たちに聞けばいいじゃん」

衆人の視線を感じながら廊下を歩くと、

「うーん。ボクは君にあることを伝えたいんだよね」

「じゃあ今伝えてよ」

「でも、言葉は遠回りになると思って」

「いや言葉ほど物事を端的に伝える方法はないでしょ」

なんだこのロボット。テレパシーのことでも言っているのか。

あいにくこっちは生身なんだ。ロボットの常識を持ち出されても困る。

眉のアクチュエーターを動かし困ったような顔をつくるリュッカを、別棟五階の音楽室まで連れて行って、その日の探検は終わった。

5

四月二十日。

普通に学校にいくと、下駄箱で待ち伏せされていて、ナツミ率いる女子グループにそのまま漫研部室に連行されかけた。

「ねえ、冗談きついって！」

わたしは大声で言い放ち、ジタバタともがいて連行を止めさせた。そこはもう部室棟の階段に差し掛かろうという場所で、運動場に面していた。

サッカーの朝練に励む下級生たちが、最高学年の揉め事を奇っ怪な目で見ている。

そんな場所で、首謀者のナツミが――土下座をした。

それはもう、どこの会社に出しても恥ずかしくない、美しいフォームだった。

「お願い、漫画を描いて！」

彼女の土下座に他の五人も続く。

下はリノリウムの床でさえない、砂っぽい地面だ。

「うちらはね、ただ新たな時代の夜明けを見たいだけなの」

「新たな時代……？」

「うちね、昨日ネットで調べてみたの。そうしたら、ロボットが生徒会長をした学校は、まだどこにもないってわかったの」

「それが何だっていうのよ」

一向に顔を上げる様子のない六人。この人たちははなから、目立つ場所にわたしを誘導する気だったのだ。

否応(いやおう)にも視線が集まる。わたしはしゃがんで、なんとか起き上がってもらうよう肩をゆするが、六人は地蔵のように動かない。

「ボーグが生徒会長になれば、うちらはきっと取材を受ける！　ネットニュースに載る！　ゴホッゴホッ」

「そんな地面に頭近づけて喋るからだよ……」

俗物も、ここまでくれば一種の矜持(きょうじ)。

多数の生徒に外で頭を下げさせているというプレッシャーが、わたしをじわじわと侵食する。

こんなの、ずるい。

「お願いだよ。ね？　雨流にただ描いてほしいだけなの」

ね、というところにかかった、どろりとした圧。下手(したて)に出るフリをして、こちらを支配しようとする人間の使う、おぞましい声音。

　ぎりりと奥歯を噛む。

　いやだ。わたしの作品を読みたいとさえ言わないこんな人のために絵を描くなんて、絶対に。でも。

クラス全員に迷惑がかかるという状況で、わたしが描かないなんて許されるのだろうか……？

　そんな時だった。

「ユウカじゃん」

　背後から、声。

　一気に肩の力を抜かれ、わたしは振り返る。片手に単語帳、そして片手に今しがた買ってきたらしいパピコのコーヒー味を持った千郷が、眉を顰めて立っていた。

　顔を上げないナツミたちに見向きもせず、千郷はパピコの半分をちぎってこちらによこし、わたしとナツミの間に割って立った。

「クーポンで買えた。ラッキー。あっちで食べようよ」

　ギョッとしたナツミの表情が、千郷の股の間から覗いた。シュールな絵に失笑してしまう。もしも千郷が意図してこの画角を作り出したとしたなら、彼女は悪魔的に頭がいい。

　そこまでされて、さすがにナツミたちも懲りたのだろう。独創的な恨み言を口々に残し、その場を撤退していった。

　わたしは囁くように感謝を述べると、教員があまり通らなさそうな中庭まで移動し、ベンチに腰を下ろした。一応、校内でお菓子の飲食は禁止である。

今日は日差しがあって、四月にしてはかなり暖かい方だ。手元のパピコもちょうど良く溶け始めている。

わたしは吸い口を切り取った。

「ったく困っちゃうよな。あのおてんばロボットのせいで」

わたしは頷いた。

千郷もまたパピコの胴体を何度か手で揉んで、しゃりしゃりしたコーヒー味のシャーベットを口に押し出した。

「あんたはもっとちゃんと断ったほうがいいよ。あんな奴らに利用される雨流ユウカじゃないでしょ。それでも無理ならあたしに言って。あいつらは、あんたが一人きりじゃなくなるだけで、途端に弱くなる」

千郷の力強い言葉に、わたしは微笑みで返す。

ただ、ナツミたちの気持ちも、わからないでもなかった。

わたしだって関係者でさえなければ、リュッカ・ボーグなんていう存在は垂涎の的だったろう。高校生にとって、『ロボットが生徒会長になる』という事態がもたらす非日常感と高揚感は、きっと比類がないものだ。

それでも、わたしはわたしの平穏を守らなくてはならない。

千郷が空を睨んだ。

「それに……リュッカもリュッカよ。なんで今更ユウカに構うんだか」

本当に、なんで今更。

わたしは一瞬リュッカと過ごした中二の日々を思い出し、すぐに首を横に振った。

千郷は、何を考えているのか、少し懐かしそうに囁く。

「あいつはもう、あいつの人生を歩んでいいはずなのにね」

リュッカの……ロボットの人生？

それがどういう意味だったのか、この時のわたしにはわからなかった。

ただ一つ。少なくとも同じクラスに一人、千郷という味方がいるということが、他の何より心強かった。

6

五月初め。

まだ月曜日だというのに、わたしは疲れていた。いや、月曜日だからこそ疲れていたのかもしれない。

わたしは朝、登校途中にコンビニに寄った。今日は月刊アイアンの発売日だった。

これまで惰性で読んできた『I was here』も、休載はなし。作者が学校の転校してきたりしたせいで、多少読みづらくなってしまったけど、読んでおかねば。

詠太とはいつも月の第一月曜日、最速で『I was here』を読んで、学校の帰りに感想を言い合ってきた。読んでいかなかった日には、引くくらい悲しまれた。

あんなロボットに遥か先を行かれた屈辱。そして面白さで殴られるこの納得。悔しいのか楽しいのかわからなくなる感覚が、刷りたての印刷せんか紙の匂いに紐づいている。

今日もわたしはアイアンを立ち読みしてやった。

税込たった三五〇円の反抗。

エリカ先生の使う反抗期という言葉もあながち間違ってはいないのかも、とか考えながら日中を過ごし、授業後、下駄箱を訪れたわたしは、そこに詠太の姿を見つけ、声をかけようとした。

しかし喉まででかかった言葉を引っ込めた。

「あ、ゆうか」

明朗な声を返す詠太の、その手を握っている人がいた。

飄々(ひょうひょう)とした顔で、そこにいるのが、当たり前のことみたいに――。

「優花ちゃんだ。ん、どうしたんだい？　それはどういう表情かな」

二人とも既に靴を履き替えていて、今まさに下駄箱から出て行こうというところ。

リュッカが、詠太と手を繋(つな)いでいる。

一本ずつ、指を絡ませ合って。

わたしは、一瞬硬直して動けなかった。どういう状況なの、とか。約束はどうなったの、とか――

思ったほど言葉が出てこない。

「待って。なにか誤解してない？」

わたしの視線が触れ合った手に下りていると気づき、詠太がそんなことを言う。

「ごめんな。感想、明日話そう」

「いや、もういいよ」

どうってことないと自分に言い聞かせながらも、詠太のキョトンとした顔がだいぶ心を抉ってくる。

だから守らなきゃいけなかった。

わたしは、自分の心を。

プライドを。

「わたしはもう漫画とか読まないし。そうやってさ――勝手にやってたらいいよ」

そうだ。

勝手にやっていればいい。

リュッカとわたしは別人なんだ。

詠太も、ただの幼馴染。

わたしには関係のないことだ。


その晩。

ほとんど使っていないフェイスブックに見知らぬアカウントからメッセージが届いた。そのアカウントのフォロワー数を見て、おおよそのことを悟る。

フォロワー数三十五万人。わたしはInstagramがメインだったから、こんなことになっているとは知らなかった。

丸々太った青い金魚のようなキャラがヘッダーを彩る、リュッカ・ボーグの個人アカウントだ。

端川の川沿いに十時。

親にランニングをしてくると言って、ジャージに着替えてスマホだけ持って家を出る。

街灯の光を受けて、そのロボットは川沿いにひざを崩して座っていた。普段の学生服姿と違って、巨大なフードのついた丈長の白いコートを羽織っている。

ちょうど『I was here』で機人ナナセが、篠崎の共闘の提案を受け入れた時の、横柄な姿勢だと気づく。

「来てくれたんだね」

リュッカが立ち上がって、こちらに歩いてくる。コートのフードは彼女の目立ちすぎる桃髪を隠すものなのだろうが、フードのてっぺんに取り付けられたウサギの耳のようなパーツのせいで、結局目立っていることに変わりはない。

「そっから動かなくていいよ」

わたしの言葉に、リュッカは体をぴたりと静止させる。ただ止まるのではない。動画を一時停止したみたいに、一切の動きが失われる。

パントマイマーのようだ。

「あなたは……わたしから生まれた『新しい存在』なんでしょ？　だったら、もう古い存在のわたしになんて、構わないでほしい」

「それを言いに来たのかな」

リュッカが心なしか寂しそうに言う。

だが、いかに寂しかろうと、わたしにはわたしの人生がある。

「わたしはね。そっちはどう？」

あのＤＭ（ダイレクトメッセージ）を送ってきたのはリュッカだ。

リュッカは直立姿勢に直り、フードの下の、紫の虹彩（こうさい）の中に沈む真紅の瞳孔で、わたしを見つめる。

「あまねく世界でボクだけだ、君を変えることができるのは――ッ！」

それは、腕力に任せて打った拍子木（ひょうしぎ）のように、耳元にキィンと響いた。

近くの家の住人たちが、一斉に窓をガラガラと開ける音が背後で聞こえた。

「ちょっと！　なんて声出すの。もう真夜中なんだよ？」

「でも、どうしても伝えたくて」

そんな子供じみたことを言う奴だったのか、コレは。

いや、むしろ中二の女子の精神性を模倣しているのだから、もっと幼稚であるべきなのだ。

それなのに今やコレは、日本だけじゃない。世界のスターだ。

「ボクは苦しかったんだよ。君が描かなくなってしまったから」

ギョッとする言葉。

わたしは慌てて問い返す。

「誰から聞いたの？　わたしたち、半年一緒にいただけじゃん」

「優花のＳＮＳ情報をもとに人格を組み立てているからね。優花の情報発信と、優花の心情との相関関係は手に取るようにわかるんだよ」

「す、スパイだ！」

わたしはポケットにしまってあるスマホが、突然恐ろしくなった。

人は、つとめてＳＮＳ断ちをしない限り、生活情報を発信し続ける。誰かが始めたその自己主張のゲームは、もう人類が止められないところまで来てしまった。

「なんであなたが苦しむのよ。地位も、名声も手に入れたあなたが！　あなたは今でもわたしの気持ちと同期してるの？　そんなことないでしょ」

彼女は四年前、わたしから切り離された。

彼女とわたしは別の存在だ。

「だから遠回りになると言ったんだよ。言葉で伝えるのは」

「ねえ……一つ教えてよ」

じりじりと、心の中で火が燃えている。最初に火をつけたのはわたしではない。勝手に燃え移って、ずっとここにある。

あだ名を失ったあの日から、わたしはこの鉄屑（てつくず）のことがずっと嫌いだった。

「十三巻、決戦前夜、篠崎が機人ナナセと和解するシーン……なんでこの場所をモチーフにしたの？　タブレットだった頃のあなたに、わたしは色々吹き込んだ。あの時確か、あなたは一緒にいたよね。

原から見る端川の景色を参考にしている。

「この場所は……」

端の川(エッジリバー)という名前だけではない。作中で描かれる人類の故郷エッジリバーは、どこをどう見ても河原から見る端川の景色を参考にしている。

そしてこの河原は、わたしが本気で漫画家になりたいと最初に思った地点。

詠太が可愛がっていたセキセイインコの遺体を、一緒に河原に埋めた日。彼をもう一度笑わせようとして、なんとか楽しませようとして、わたしが淡い決意を抱いた場所。

一歩踏みだして、そこの人工身体(ウェイツ)を睨みつける。

健康そうな肌をまとった鉄塊の、人間ならざる質量を、わたしはもう自分の分身とは思わない。

「なによ……わたしに対する当てつけ？　戦うことをやめたわたしへの」

「違うよ、ボクは――」

ヨルゼンの賠償請求とか、大人の責任とか、そんなことは眼中になかった。すがるように手を伸ばしてくる艶(なま)めかしい皮膚をまとった鉄塊を、わたしは両手で強く突き飛ばした。

「もう金輪際、わたしに関わらないで！」

まるで巨大な立て看板が倒れたみたいな音がした。

両手に視線を落とすと、人間であるはずの自分の肌の方が、ずっと黒ずんで見えた。

＊＊＊

五日後。

『I was here』は、休載を発表した。

「リュッカ、おいリュッカ」

詠太（えいた）はそう言って、わたしからカッターナイフを取り上げようとした。

「その持ち方さすがに危ないって」

「いい。大丈夫だから」

わたしはそんな詠太の忠告を無視して、段ボール箱のガムテープで繋（つな）がれている部分を、ザクリと突き刺した――。


わたしこと雨流優花（うりゅうゆうか）は、雨流の「リュウ」と、優花の「カ」の部分を縮めて、リュッカというあだ名で呼ばれていた。そんなわたしが、人格抽出術（ディスティレーション）を行うため滞在していたヨルゼン・コープの研究病院を退院したのは、三日前のこと。


そして今日が、抽出されたＡＩのインターフェースが届く日だった。

目を輝かせる詠太を招き、扉を開けっぱなしにして玄関で待っていると、ヨルゼンの飛行ドローンが玄関先に、段ボール箱をリリースしていった。

わたしはカッターを握りしめて早速開封準備に入ったが、詠太が止めに入ったのであった。

結局わたしは、包装の段ボールをぐしゃぐしゃにして中身を取り出した。紫の平べったい化粧箱。

そのふたを、待ちきれずに強引に引っぺがす。

中にはヨルゼンのロゴが刻まれた新品のタブレットがあった。

タブレットは初期設定が済んでいて、わたしの顔を認識すると、自動でロックを解除した。

デフォルトでインストールされているアプリを上から順に目で追っていき、見つけた。ピンク色の髪の女の子が描かれたアイコン。

逡巡する詠太を差し置いて、わたしはアイコンを迷わずタップする。

ヴォン、という起動音を立てて、アプリが立ち上がる。

ヨルゼンのロゴマークが見えたあと、そこには『部屋』が現れた。濃い青の壁紙と、珊瑚や海藻の形をした家具が置かれた部屋――深海をモチーフにしたその場所に、桃髪の美少女はちょこんと座っていた。

天蓋をあしらった寝具や、椅子に机もあるが、なぜか座っているのは暗い部屋の角である。

美少女の体をタップすると、彼女はおもむろに立ち上がり、こちらを見た。

『初めまして。ボクはＶＷＰ１３３』

(話しかけられた！)

わたしは興奮のあまり、心中でそう叫んだ。

『まずは、あなたの顔を見せていただけますか』

美少女はキョロキョロとして動かないまま、もう一度質問を繰り返す。

何かがおかしいなと思っていると、持つ指がタブレットのインカメラを塞いでしまっていると気づき、慌てて退かした。

持ち場所を変えて、わたしは詠太とタブレットの中を覗き込む。

『あなたがボクのオリジンですね』

美少女が、好奇心に満ちた目でわたしを見上げる。

「雨流優花」

わたしは、自分の顔を指さして言った。

「こっちが神崎詠太」

隣に身を寄せる少年のことも指さして言うと、美少女は微笑んで答えた。

『登録完了しました。優花さん、詠太さん』

タブレットのスピーカーからなめらかな声を出してわたしたちを交互に呼ぶと、その美少女は再び部屋の隅へと戻り、しゃがみ込んでしまう。

そして告げたのだった。

『早速ですが、ボクは悲しいのです』

「えっ。今なんて？」

そりゃさ、さすがに問い返すよ。

このＡＩは、わたしのＳＮＳ情報を元にして作り出されているのではなかったか。でも当のわたしは、ネットにそんな弱音を吐いてきたりはしてないはずだ。

一体、これは……。

「悲しい……？」

ヨルゼンから送られてきた取り扱い説明のＰＤＦをいくら読んでも、「ＶＷＰがいじけている場合」などということは一切記載がない。

唖然（あぜん）としていると、ＶＷＰ１３３は、

『そこで質問です。人は悲しい時に、どうするのが自然ですか』

わたしと詠太は顔を見合わせた。

悲しい時に、どうするのか。

わたしがまだ考えていると、詠太が先に答えを出した。

「泣く、とかかな。とりあえず」

『泣く――――こんなふうにですか？』

画面内の美少女は目を赤くし、やがて両の瞳からポロポロと青い雫（しずく）のテクスチャを漏らし始める。

アニメーションとしては緩慢としていて臨場感はないが、泣き顔は妙にリアルで同情を誘うものだった。

けれど、わたしは泣き続ける美少女の体をタップし、

「待って。そんな短絡的でいいの？」

疑問を呈した。

桃髪の美少女が顔を上げ、わたしを見る。

「悲しい時は、そりゃ泣くかもしれないけど、その悲しみの原因を突き止めて、叩き潰そうとするのが人間ってもんじゃない」

「いやでも、一般人は、リュッカほど勇ましくはないから……」

隣から詠太がなだめてくる。

何よ。わたし間違ったこと言ってないですけど。

「ウルサイなぁ。わたしの分身なんだから、わたしの言葉を多めに聞いてよ」

『多めに聞きます』

従順な美少女の言葉に満足したわたしは、この一連の話題を次のように締め括った。

「悲しい時はさ、悲しみの原因をぶっ飛ばしにいこ。それに限る」

『限るのですね』

これが最強だった頃のわたしと、最弱だった頃のリュッカの、出会いだった。

レノンが死んだ。

詠太が三歳の誕生日に、母親から贈られたセキセイインコ。言わずと知れたイギリスのミュージシャンから名前をとった。生クリームのような白に、メロン色のまだら模様が入った男の子。享年十一歳。

セキセイインコにしては、よく生きた方だった。

詠太は一日家から出てこなかった。わたしが訪ねていっても、顔に影を落とした母親が玄関で対応するだけだった。

翌日も、わたしは詠太の家に向かった。今度はＶＷＰのタブレットも一緒だった。

ＶＷＰ１３３は相変わらず鬱々としていて、いつもタブレットの中の部屋の隅に身を寄せていた。泣き虫なのは変わっていなかったため、詠太の気分を余計に落としてしまうのではないかと不安だったけれど、杞憂だった。むしろ詠太は、ＶＷＰ１３３にレノンの話を聞かせることで、少しずつ死の現実を受け入れようとしていた。

わたしたちは日が暮れる前に端川に行き、河原に小さな石のお墓を作った。その場所はかつて増水によって奪われた命を祀る社があったとかで、街でも知られたペットの共同墓地になっていた。

石を積み上げて作った簡素なお墓に手を合わせる。ＶＷＰ１３３にもその様子を見せてやると――詠太の動きから手を合わせるという動作をトレースしたらしく――彼女自身も、平面の部屋の中で黙禱をしてみせた。

わたしたちは三人でレノンを送った。

長い沈黙を破って、わたしは言った。

「そろそろ、帰ろうよ。帰ってさ、スマブラとかやろうよ」

「……」

「なんか、美味しいもの食べに連れてってもらお。焼肉とか。焼肉いいじゃん」

「……」

「元気、だして。詠太が悲しいと、わたしも悲しいよ」

「……」

その後もしばらく河原にいたけれど、詠太を励まそうとする試みはことごとく失敗に終わった。

どんなに言葉を絞っても、わたしの気持ちを押し付けるだけになってしまう。傷ついていない人間が傷ついている人間に元気を出してと言ったって、そんなことに何の意味がある？

わたしは、話しかけ続けた。手を替え品を替え。

そんな中でも、彼が興味を示したのは、その話題だった。

「そういえばさ、月刊アイアン読んだ？『花女』の最新話めっちゃ泣いた」

「うん。……読んだ」

一時間ぶりに、詠太が口を開いた。

わたしは飛び上がりそうになって、「本当……？」と訊ねる。

詠太が頷く。月刊アイアンとは、鋼談社という出版社が出している漫画雑誌である。

趣味がまるっきり違う二人の共通項。スマブラと月刊アイアン。詠太は少しずつではあるけれど、言葉を口に出してくれた。心を開いてくれた。

「確か、リュッカも描いてたよね、漫画」

「うん」

「どんなもの、描いてるの？」

詠太が質問してくれたので、わたしは自分の話をたくさんした。

中学のクラス新聞で四コマの連載を貰っていること。

この前、初めてペンタブレットというものを使って、デジタルで背景画を描いてみたこと。

ＡＩがプロ顔負けの絵画を描く現代で、それでもわたしは絵を描くのが好きで、将来は絵を仕事にしたいと思っているということ。

わたしが絵についての想いを語るたびに、詠太の瞳に輝きが戻っていくのがわかった。

だからわたしは、いつの間にか乗せられてしまったのだと思う。詠太を笑わせたくて、とにかく楽しませたくて——。

「わたし、漫画家になるよ」

いつの間にかそんなことを口走っていた。

「本当に？」

「わたしに二言はない」

「それは……すごく読みたい。読んでみたい！」

やろう。ああ、やってやるさ。

詠太の笑顔を取り戻せるなら、それくらいヨユーだ。

それがわたしが、漫画家になりたいと本気で思ったきっかけだった。

それからわたしは本格的に漫画を描き始め、興味を持つＶＷＰ１３３にもついでに描き方を教えていった。

彼女は、さすがはＡＩという吸収力で、描画の方法を恐ろしい速度で学んでいったけれど、ストーリーテリングの力はからっきしだった。

それでも、わたしは彼女と、絵という共通言語を持ったことが嬉しかった。

相変わらず彼女は泣き虫だったけれど、わたしと絵で対話する過程で多くのことを学んでいった。

わたしは彼女にたくさんの言葉を伝え、たくさんの表現を教えた。彼女も、次第にわたしの用いる語彙と同じものを用いるようになっていった。

妹ができたみたいで、嬉しかった。

それでも、中学二年の冬。その日は訪れた――。

インターホンが鳴った。わたしはおそるおそる階段を降りていき、玄関の前に立つと、玄関のすりガラスにできている影が、ひどく不気味に見えたことを覚えている。

わたしはタブレットを持って部屋に戻った。

母が代わりに出て、ヨルゼン広報部の男性が階段を上がってきた。

部屋には詠太がいて、タブレットを頑（かたく）なに離さないわたしの肩を、柔らかな力で抱いてくれていた。

「リュッカ」

「うん」

母が、わたしの部屋の扉をノックする。

わたしは、もうちょっと待ってほしい、と声を返す。

「じゃあ、あと少しよ。わたしたちが下でコーヒーを飲む間だけね」

母は、無理に部屋の扉を開けたりはしなかった。

わたしは、コーヒーってどれくらいで飲み終わるのだろうかという計算を瞬時に終え、そんな計算しても意味がなかったと悟り、わかった、と答える。

無為に別れを遠ざけるのは意味がないってことぐらい、知っている。

それでも、あと少しだけ時間が欲しかった。

二人の降りていく足音が聞こえると、わたしはすぐにタブレットを勉強机に立てかけて、アプリを起動した。

『リュッカ、どうしたの……？』

仮想空間の部屋の中で、桃髪の女の子が不安げにそう語りかけてくる。

「そろそろお別れだから」

別れの日が今日であるということは、カレンダーと同期しているＶＷＰ１３３が、知らないはずがない。それでも、彼女はあくまでわたしの言葉に打たれたように、はっとして悲愴な表情を作る。

『本当に……悲しくなる。でも、ボクはまた君に会いたいと思ってる』

ＶＷＰ１３３が、絞り出すような声で言う。

「そんなこと、本気でできると思ってるの？」

『それは……わからない。でもボクがボクの有用性を示せば、きっと社会に戻ってこられる。ラプラスもそう言ってるから』

ＶＷＰ１３３は、部屋の壁面を見上げ、水槽を周遊する青い金魚を眺めながら、自信なさげに告げた。

そしてそう告げてから、電脳の美少女はわたしに背を向け、小さく身を縮めて肩を震わせる。

この半年間で、彼女が表現する悲しみにも、バリエーションが増えた。

世界に一つだけのわたしの大切な、泣き虫のＡＩ。だけど結局――わたしは、ＶＷＰ１３３がなぜ泣いているのかを、何にそんなに悲しんできたのかを、ついに訊くことはできなかった。

「なあ、リュッカ。もう決めたか？」

目を充血させた詠太が、わたしの顔を覗き込んで訊ねてくる。

「うん。今、決めた」

わたしはＶＷＰ１３３の全てをわかることはできなかった。だから、その代わりに、最後くらいは、寂しさから逃げずにいよう。

わたしは彼女と向かい合う。

「最後にね、あなたにプレゼントがあるんだ」

ＶＷＰ１３３が、キョトンとした顔を向けてくる。

液晶画面が隔てる電子と現実の境界線なんて、はなからなかったみたいに。

『もう、ボクは十分すぎるほど多くのものをもらったよ。言葉。絵の描き方。たくさんの思い出』

「まだあげられていないものが一つある」

わたしは画面の中を覗き込み、告げた。

「リュッカ。あなたは今から、リュッカだよ」

キョトンとするＶＷＰ１３３に、わたしは念を押すように言った。

『ボクが……？』

「そう。あなたに、このあだ名をあげる。あなたに、わたしの半分をあげる」

リュッカ。

試しに頭の中で呼んでみると、桃髪の少女はもうリュッカでしかあり得なくなった。

リュッカはタブレットの中の小部屋で、照れ臭そうに微笑んだ。

「だから、またどこかで必ず会おうね。約束だから」

わたしは泣き虫のＡＩと別れた。


そして、そんなのはもう、ずっと過去の話だ。

現象の二　惰眠と過食

1

チャイムが鳴って、待ちに待った昼休みとあいなっても、わたしの心はどんよりしていた。

胸の中に燻る記憶。

あの夜、わたしはこの手で確かにリュッカを突き飛ばした。

けれど今日登校しても、ヨルゼンの警備員に囲まれることもなければ、エリカ先生から呼び出されることもなかった。

リュッカの体はヨルゼンの製品で、常に本社にフィードバックを送っているはずだ。

なんのお咎めもなしだとするなら、考えられるのはただ一つ——。

「ねえ優花。一緒にお昼ご飯食べようよ」

この能天気に声をかけてくる漫画家ロボットが、あらかじめ自分の意志で、フィードバックを切っていたということになる。

でも、それはつまり——端川に呼び出したあと、わたしに突き飛ばされるってことを、予知していたみたいじゃないか。

わたしはリュッカの誘いを断り、席を立つ。

廊下を出たところで、生徒会選挙のポスターが横目に入った。立候補者の中に、リュッカの名前はない。わたしは結局、クラスの圧力に負けず、漫画を描いたりはしなかった。

逃げ切ったのだ。

ポスターの前で立っていると、背後から千郷の声があった。

「気持ちはわかるよ。でも、ちょっとリュッカに冷たすぎじゃない？」

「もうほっとくって決めたから」

脳裏にフラッシュバックする、詠太とリュッカの繋がれた手。

あの鬱陶しいワンシーンをかき消すために、わたしは無意識のうちに千郷に強く当たっていた。

「そんなに言うなら千郷が仲良くしてあげたらいいじゃん」

千郷は怒るでもなく、諭すでもなく、ただうっすらと笑みを貼り付けたまま、わたしを見つめた。

「……なに？」

「いや。贅沢な悩みだなと思って」

千郷がやれやれといった具合で肩をすくめる。

だめだ。こんな調子じゃ。クラスにいる貴重な味方すら失ってしまう。

わたしはちょうど隣の教室から出てきたばかりの詠太を見つけ、諸悪の根源はやつだとばかりに、目を細めて睨みつけてやる。

「詠太、あんたなんかやったの？」

千郷の詰問の矛先が、詠太へと向かう。

「うーん。誤解なんだけどな」

詠太は詠太で、頭を掻（か）いてヘラヘラとした笑みを貼りつけている。

詠太がこちらに向かって歩いてこようとしたので、わたしは先手を打って席を立つ。すれ違いざまの、彼の何か言いたげな顔を無視して、教室を出る。

購買部に行って、イカメンチ明太パンでも買おう。

そう思って、早足で降りた階段の踊り場で、はたと立ち止まる。中間テスト対策として、千郷からノートを借りなければならなかったことを思い出したのだ。

おずおずと戻ると、千郷とリュッカ、そして詠太の三人は、まさに食堂へと向かうところだった。

「あんたもやっぱりくる？」

千郷にそう問われて、わたしは沈黙のまま頷（うなず）いた。


詠太とリュッカは手こそ繋いでいないものの、相変わらず仲がいい。

正直、一刻も早くここを抜け出したいが、千郷からノートを借りるならこのタイミングしかない。

気まずい空気を鈍感力というＡＴフィールドで中和して、なんとか溶け込もうとした矢先。わたしは早々に、新たな問題に直面することになった。

日替わりＢ定食を頼んだ千郷、唐揚げ丼を頼んだ詠太、それに続き温玉カレーを頼んだわたし。そこまではいい。

「カレーうどんに大海老天と大穴子天トッピングでお願いします」

三人ともが、目を丸くして振り返った。

今、このロボット娘はなんと言ったのか。カレーうどんにトッピング？　機械のくせに……？

「マジか」

千郷が定食の小鉢をもらうことも忘れ、そうこぼした。

「海老と穴子両方いっちゃうんだ。さすが売れっ子作家……」

「驚くところそこ⁇」

わたしは我慢できずにツッコんだ。

「そうじゃなくて、あの子！　ロボットじゃん！　どうしてカレーうどんなんてものを注文させちゃったのよ？　誰が代わりに食べるのよ」

千郷と詠太は顔を合わせ、無理だよ、という合意を目で交わす。

B定はともかく、学食の唐揚げ丼は鬼盛りグルメとして、地元の番組に取材を受けたほどだ。いくら体育会系の部に属していた千郷といえど、B定のあとにカレーうどんを詰め込む余裕などあるはずもない。

「ふん、ふん♪」

楽しそうに鼻歌を漏らしながらトレーに載ったカレーうどんを運ぶリュッカを、三人は恐る恐る壁際のテーブルへと先導する。

無論その最中にも奇異な視線は集まっていたが、転校して一ヶ月以上経ったためか、周りからの干渉もある程度は落ち着いてきていた。

全員が席に揃うなり、リュッカは危うげなく箸を割った。

箸の割り方なんてどこで覚えたのだろうか、とにかく割り箸を美しく二等分した。

鬼気迫る表情の詠太が、わたしと千郷の肩を引っ張って唐突に作戦会議を始める。

(おい！　あれ誰か止めなくていいのかよ！)

詠太の囁き声に、エリカ先生の忠告が頭をよぎる。

もしうどんを食べさせて壊しでもしたら、この場合、賠償金を支払うのは一体誰になるのだろうか。

そして賠償金とは具体的にいくらぐらいになるのだろうか。

考えただけで肝が冷える。

咄嗟に席を立とうとしたわたしの腕を、詠太が掴んだ。

(逃がさないぞ)

血走った目で問いかけてくる幼馴染に、同じく目で対抗する。

(わたしには関係ないじゃん)

(でも、ゆうかの分身だ)

(だからもう別の存在だって！)

(言ってる場合か。とにかくアレをどうするか考えないと！)

言い合っているのはわたしと詠太で、千郷はどこ吹く風といった様子だったが、そうこうするうちにもリュッカは割り箸を汁に沈め、うどんを掬い上げると、そこにふー、ふーと息を吹きかけ始めた。

やがてリュッカは口を大きく開けて、黄金色に輝くうどんを頬張った――！

「うわあああああっ！」

詠太が奇声をあげてリュッカの元へと駆け寄り、異常がないか身体中を触診し始める。

その仕草がどうにも女の子の体を弄んでいるように見え、わたしは詠太の首根っこを掴んで引き剥がすと、リュッカのそばにしゃがみ込んだ。

「大丈夫？　どっか壊れたりしてない……!?」

キョトンとしていたリュッカは、やがて合点がいったように笑顔を作ると、わたしの方を見下ろして言った。

「お腹にバイオマスの発電槽があるから、大丈夫。でも、心配してくれてありがとう！」

わたしは地面にへタレ込むと、リュッカが手を伸ばしてきた。

渋々手に掴まり、立ち上がった。やはりウエイツというだけあって、わたしが全体重をかけてもびくともしない。

ロボット娘はその後も、さも人間のようにズルズルと音を立て、カレーうどんを鉄の胃に収めていく。

横目で見ているぶんには、清々しい食べっぷりだ。

「意外と美味しそうに食べるよね」

「ボクに味覚は備わってないけどね」

「……じゃあなんで食べるのよ」

「優花は昔、ボクにいっぱい見せてくれたよ？」

何をだよと問い返そうとしたけれど、リュッカは、食事風景、と付け加えた。

そうか。

確かに。

わたしはリュッカの棲むタブレットをよく、食卓へと持ち出していた。

両親からは少し渋い顔をされていたけれど、あの頃は、一緒に過ごすことが何より楽しかった。

あの頃は。

「体を持ったら、一度はやってみたかったんだ。みんなでご飯を食べるってこと。実経験だけが漫画家の血肉、だからね」

言葉が、なぜだか不用意に鼓膜を揺する。

それはまるで、自分がずっと昔に置き去りにしてきた決意の言葉であるような気がして、むず痒い。

逃げるように視線を逸らした先で、わたしはリュッカの制服の襟に、不穏な影の存在を発見した。

あーあ。でも仕方ないよね。そんなに余裕綽々で、ズルズルと麺をすすったんだから。

実経験だけが血肉とまでおっしゃるのだから、残酷な事実をお伝えしてやろう。

「あのさ、服」

「服……？」

「そう。ここ」

わたしが自分の制服の襟を指さすと、リュッカも同じ位置に視線を下ろした。

そして気の抜けた声を出した。

「あっ」

「よかったね。経験値増えて」

『みんなで食事』に加え、『汁はね』というトロフィーもアンロックしたリュッカ・ボーグ先生が、このあと『クリーニング屋』を経験することも確定した、記念すべき瞬間。

肩を落とすリュッカに、わたしは、ニヤリと笑ってやった。

＊＊＊

『I was here』十三巻。

地球軍将校の篠崎は、機人（キジン）ナナセと、人類の故郷エッジリバーにとり残される。

篠崎は連戦の疲弊と栄養失調に陥り、体調を崩す。ナナセは彼をなんとか再起させようと人間の栄養吸収の仕組みを学び、古い倉庫を漁（あさ）り、見よう見まねで〝料理〟というものを作る。

軍から支給されている栄養剤を溶かしたすまし汁に、倉庫から奪取してきたカレー粉を溶かし、そこへ干し肉と、小麦粉を練ったものも入れる。

そんな、不恰好な麺入りのカレー汁を食べた篠崎は体力を取り戻し、恩返しとして、ナナセのハッシュデータの削除を申し出る。

機人にとってそれは新陳代謝のように不可欠な行為だが、頭部のハードディスクを露出させる必要があるため、他者に任せるにはあまりに危うい、強烈な『恥じらい』の対象だった。

葛藤の末、最終的にナナセはそれを許す。

篠崎は、ナナセの心の領域へと踏み込む。それはまるで、あどけない少女の髪を手櫛するような描写として描かれる。

互いにとって最も理解しがたい行為を交換し合った二人は、ついに、〈サンダー〉を打倒するための揺るぎない結束を得るのだった。

2

職員室前のコルクボード前にできた人だかりはもっぱらが三年生で、そこにはわたしと千郷の姿もあった。揉み合いになりながらも三年生がその場所に集まるのは、それが中間テストの結果速報だからだ。

わたしの総合順位は……理系生徒１２４人中、66位。

対してわたしの隣でほくそ笑む千郷は……１２４人中、５位。

悔しいけれど、これはドヤ顔をされても仕方がない。

千郷は明らかにわたしなんかより勉強に熱心で、その眼差しは未来を見据えていて、受験についても深く考えている。

だから、ここまではいい。

しかしわたしはこの順位表に、どうしても納得のいかない部分があった。

１２４人中、１位——リュッカ・ボーグ。


隣の文系順位表を見上げていた詠太もこちらにきて、君臨するその名前を確認し、

「まあ、そりゃそうだよな。ロボットだし」

やれやれ、という具合で失笑を漏らした。

「そうだよなじゃない！　くそう、あのロボット女め……！」

わたしは犬歯を剥き出しにして反論した。

でも詠太は冷ややかな視線を飛ばし、

「千郷が言うならわかるけど。66位のゆうかが言ってもなあ」

ズキリ。

その一言は心臓に深々と刺さり、わたしは二の句がつげなくなる。

詠太。幼馴染というだけあり、正論でメンタルを抉ってくる、恐ろしい男。

ちょうどその時だ。そんな詠太の軽音部の友達だろうか、キーボードが入っているらしい長方形のケースを背負った男子が廊下を歩いてきて、

「お、詠太じゃん。カノジョさんと仲直りできたの？」

などと、爆弾発言を残していった。

降って湧いた幼馴染の呪いに、顔を見合わせるわたしと詠太。

しかし千郷はなかなかわたしたちの気苦労を理解していないようで、

「そういえば、新歓の頃はあんたら、ちょっとギスギスしてたみたいだけどさ、最近はまた昔に戻ったみたい」

などとのたまう。

仲良しどころか、わたしはついこの間詠太とリュッカが手を繋いでいるのを目撃してしまい、そのせいでリュッカを突き飛ばしてしまったわけであるが、第三者の目というのは実に無責任に、人間関係を捏造(ねつぞう)したがる。

「あー、そうかも」

詠太の発言に、わたしは目を丸くした。

ロボット娘といちゃついておいて、どの口がそう言うの!?

「あたしの見立てでは、リュッカが来てから関係が上向いたって感じ」

「それは！　絶対ない！」

わたしは即座に否定した。

むしろあのロボット娘には、振り回されてばかりだ。

しかし千郷は追及をやめなかった。

「そうかなあ。あたしはリュッカの作戦だと思うけどね。なんたってあれは月刊アイアンの大作家先生様なんだから――」

「ボクがどうしたって?」

千郷と詠太の肩のはざまからピョンと、リュッカの桃色の頭が現れ、わたしは面食らった。

「りゅ、リュッカ!?」

奇しくもわたしの驚き声が、衆人の目を引き寄せてしまう。

ここで騒ぎになるのはまずい。

教室までリュッカを引っ張っていくと、千郷が訊ねた。

「リュッカ、今日は仕事じゃなかったの? なんでいるのよ」

仕事——それはつまり、漫画を描くこと。

『I was here』の最新十四巻は年内に発売を予定しており、アマゾンのサイトにはすでに煽り文とタイトルが上がっている。けれどアイアン六月号では休載だった。今月こそ、連載再開と共に、ラストスパートが要求されているはずである。

リュッカは一瞬機械特有の冷たい無表情を作ると、すぐに柔和な笑みになり、

「うーんとね。まあぼちぼちやってるよ」

ロボット娘にしては珍しい生返事だったが、作者本人のお達しである以上、それ以上追及のしようがなかった。

けれど、どうして千郷がリュッカの仕事する日を把握しているのだろう。わたしには今、リュッカが手でネームを描いているのか、それともソフトウエアでネームを書いているのかも、わからないというのに。

「そ、そんなことより、あの順位は何？　ネットに接続して調べ放題のくせに、なんでわたしたちと同じ表載ってんの！」

わたしは長い婉曲(えんきょく)の果てに、リュッカに文句を吐露する。

しかし――。

「スタンドアロンだよ」

はにかみながら答えるリュッカに、その場の全員が驚愕(きょうがく)の視線を向けた。

「ボクは社会に出て以来、ずっとスタンドアロンだよ。ヨルゼンへのフィードバックは無意識下(バックグラウンド)で行われることだし、ネットから情報を得るには外部のインターフェースに頼らないといけない。だから試験はみんなと同じように、予習した範囲の答えを書いた」

淡々とそう告げるリュッカは、少し間を置いてから小悪魔的な笑みを浮かべ、

「でもね。ちょっとズルはした」

と、囁くように言った。

ズル……？

首を傾げる三人を見渡して、リュッカは前の授業の板書が消し残された電子黒板を指さした。

途端――グリーンがデフォルトの電子黒板が、真っ青に染まった。画面から漏れ出した青い光が、まるで深海にでもいるかのようなインスタレーションとなって教室に満ちる。

他の生徒たちが唖然(あぜん)とする中で、リュッカは手招きをした。

「おいで、ラプラス」

声と共に、ザブゥン、という音。

何か巨大な鰭(ひれ)を持つ生き物が、画面の深い青から出(い)でる。

「な……なんじゃこれ！」

「紹介するよ。これはボクのカオス系測定プログラムのアート・インタフェースだよ。ラプラス。可(か)愛(わい)いでしょ」

ラプラスと呼ばれた巨大な金魚のような平面の仮想生物は、教室内をぐるりと周遊し始める。

電子黒板のインスタレーション機能は生徒の権限では発動できないので、これは完全に不良行為(ヤンチャ)である。

案の定、職員室から戻ってきたエリカ先生が、水族館と化した教室を見て、早速(さっそく)タブレットを取り落としてボヤいた。

「もう、何これぇ……」

そして生徒たちを見回し、叱咤(しった)の言葉を口にした。

「本当に反抗期どもは！」

「エリカ先生。でもこれ、リュッカの仕業っすよ」

千郷が言うと、エリカ先生は慌ててタブレットを拾い、見なかったことにしますと言って、教室から消え去った。

しばし教室を気持ちよさそうに泳いでいたラプラスは、壁面を滑るうちに小さくなり、やがてリュッカの持つ小さな液晶デバイスへと還(かえ)っていった。

「ラプラスは、カオス系の情報収集と計算に長けていてさ。学校って閉じてるでしょ？　だから先生たちの動向をラプラスに探らせていれば、どの問題をテストに出すかって、計算できちゃうんだよね」

「なあ、それってまさか――」

未来予知じゃないか、と。

詠太がそう、感嘆を含めた調子で言ったのだった。

3

授業後、わたしは千郷と一緒に帰路についていた。

リュッカにまさか、限定的ではあるものの予知の力があるなんて……。

到底信じられない話だが、そんなことを言ったらリュッカ・ボーグがうちの高校に通っていること自体が信じられない。

それに、信じられるかそうでないかなんて、今は重要じゃなかった。

笑って流したはいいけれど、わたしは結構あのテスト結果に打ちのめされていたのだ。

「あのさ」

「わかるよ」

わたしの二手三手先に回り込むように、千郷が言う。

「受験か、漫画か、でしょ」

正直言葉に出すのは、惨めったらしいし、辛い。

しかし、どうしてか、千郷にならば安心して話せるような気がした。

「……うん」

「夢っていうものは、人を狂わすね。あたしさ、eスポーツの選手になるのが夢だったんだよ。小学校の頃はリアルの喧嘩も格ゲーも、負けなしだったから。でも中学に上がって、すごく単純なことを思い知った」

歩速を緩めると、千郷は初夏の空を見上げて言った。

「上には上がいる」

勉強、スポーツ、人間関係。どれも順風満帆に見える千郷も、挫折というものを経験していたと知り、心が少し軽くなる。

「だからさ、悪いことは言わない。ユウカ、あんたは勉強すべきよ。リュッカ・ボーグとあんたは別の存在。人間には、未来予知なんてチートは使えない。だからこそ、一番潰しの利く選択肢を選ぶべきなんだよ」

潰しの利く選択肢――。

そんな、いかにも『大人』の言いそうな言葉を、友達の口から耳にするとは。

わたしが戸惑っていると、そのすきに、千郷はずんずん心の距離を詰めてくる。

「うちはこう見えて進学校だからね。66位はそんなに悪い順位じゃない。まだ夏期講習で挽回できる」

わたしたちの高校では、三年生にもなれば予備校に通っていない生徒なんてほとんどいない。わたしも早く通い始めるべきなのだろう。ということは、頭ではわかっていた。ただ、体が鉛のように重くて動かなかっただけで。

「もしかしてだけど、わたしを塾に誘ってる?」

恐る恐る訊くと、千郷はわたしの肩に手をぽんと置き、優しく告げる。

「まーね。過干渉は良くないかもだけど、あんたのことが心配なの」

心配。

わたしは千郷に、心配をかけてしまっていたのか。

知らなかった。

心配は、されたくないな。けれど塾に通ってどうこうなる問題かといわれると、それもすぐに答えは出せそうにない。

その時だった。

背後から人が走ってくる音が聞こえ——それもかなりの速度だ——風の塊が隣を通過したかと思うと、目の前で急停止した。

風で髪の毛が翻り、右耳の月の形のピアスが、夕暮れを反射してきらりと輝く。

「ちょ、詠太……あんた部活は?」

肩で息を整えながら、やがて顔を上げたその幼馴染は、言った。

「お前らが一緒に帰るのが見えたからさ。二人が何話すかリュッカに訊いてみたんだよ。そしたら、千郷がゆうかを塾に誘う、って」

なんという予知の精度か。

今さっきの会話の内容がまさにそれだ。

けれど、わざわざ走って追いかけてくるようなことだろうか。別に告白されたわけでもあるまいし。

(――いや、仮に告白されるとしても、それが何で詠太に関係あるなんてことになるのか。落ち着け。どうかしているぞわたし)

一人で混乱し始めたわたしの隣で、詠太がみょうに真剣な目つきで千郷を見る。

千郷も、どういうわけか、まんざらではない様子で詠太を見つめている。

「俺も別にさ、ゆうかの判断が第一だと思うからあんま首突っ込みたくないんだけど」

そう前置きをした上で、詠太は少し声を低くし、

「千郷。お前、本当にゆうかのためを思って言ってんのか?」

そう言って、わたしの右肩に載った千郷の腕をそっと外した。

「……」

このトンチンカン幼馴染は、一体何を言っているのだろう。

わたしの混乱が限界突破する前に、千郷が沈黙を破った。

「当たり前でしょ」

「そうか。ならいいんだ」

納得した素振りを見せると、詠太はいつも通りのヘラヘラとした笑顔を貼り付けて、きた道を折り返していった。

一体なんだったの……？

しばらくぎこちない会話をしながら歩き、わたしは結局夏期講習の案内用紙だけもらって千郷と別れた。

一人になって初めて、けたたましく鳴く蝉（せみ）の声に意識が向いた。

夏本番が、もうそこまで来ていた。

4

「わあっ——」

ワンボックスカーがトンネルを抜けると、眩（まばゆ）い夏の光が暗闇に慣れた目を刺激する。後部座席に座るわたしは咄嗟に目を覆った。隣に座る詠太も、助手席に座る千郷も同様の仕草だ。ただ、その中で、暗順応という身体機能を持たないリュッカだけは、リアガラスに顔をぴたりとくっつけ真っ先に叫んだ。

「本物の……海だ！」

そんなことを言う人間は、巨大な塀に囲まれた世界で生きる人間か埼玉県民だけかと思っていたが、そうだった。リュッカ・ボーグ先生は人間じゃなかった。

「見たことなかったの、海？」

眩（まぶ）しそうに目を細める詠太が訊くと、リュッカはかぶりを振る。そりゃそうだ。『I was here』にも普通に、海の描写は出てきているのだから。

「データではいくらでも見てるよ。ただボクの目（カメラ）で記録したのは初めて」

「そっか。やっぱり自分の目で見るのは違うよな」

「うーん。別に？」

要するに、ただ言ってみたかっただけ、ということらしい。

なんだよそれ、とわたしは心中でツッコミを入れる。

「アハハ。ボーグさんは本当にすごいね、これでロボットなんて。おじさんより全然ユーモアセンスが光ってる。今時の女子高生って感じだ」

運転席から、低めの声が飛んできた。

それはこのワンボックスカーの所有者であり、今回のレジャーの引率役であり、そして千郷の父親でもある――東雲（しののめ）イタルさんの声だ。

迷彩柄の半ズボンとラルフローレンの無地のシャツを羽織った、無精髭（ぶしょうひげ）の男性。立ち振る舞いから若々しくて、うちの父親より全然イケてるなと内心で思う。

「やめてパパ。なんか言い方キモい」

助手席で窓枠に頬杖（ほおづえ）をついている千郷が、辛辣に言った。

「はいはい。すまないね」

イタルさんはサングラスをくいっと持ち上げる。

車は山道のカーブに差し掛かった。

＊＊＊

遡ること三日前。

中間テストが返却され、夏休みを前に浮き足立っていた頃だ。

掃除当番の最中に、リュッカが突如声を張り上げて叫んだのだった。

「海」

当番は列ごとに行われるため、わたしとリュッカは同じ班に当たる。そこに千郷が暇だからという理由で手伝いに入っていて、他の生徒四人を含めた計六人の肩をびくつかせた。

いよいよ壊れたのかと思ったけれど、違った。

「海に行かないといけない！」

わたしの方を凝視して、再びそう呟(つぶや)くリュッカ。

どうやら、海に行きたいらしい。

「人魚かよ」

千郷がツッコミを入れた。

「陸地で生活してると、泡になって死ぬ。だから海に戻ってくんだよ」

千郷は几帳面にモップで角の埃を取りながら、ロボット娘に変な情報のインストールを試みた。

が、返ってきた答えは意外なもので、

「ボクもいつか泡になるよ。微細な意識の泡に」

それがロボットのジョークなのか、それとも本当のことなのかわからず、奇妙な沈黙が流れる。

そのうちにまたリュッカが言う。

「でも、どうやって行こう。ボク、海への行き方はわからない」

ここから海と言ったら、熱海の方に行くか、湘南まで出るかといったところだ。

「パパに頼んでみよっか。最近暇だって言ってたし」

「正気？」

わたしが訊くと、千郷は大真面目に頷いてみせた。

「ん。パパは超フレックス制だかんね。タスクさえこなしてれば、時間は作れるって言ってるし」

そういえば千郷の父親のイタルさんは編集者で、しかもよりにもよって勤めているのは鋼談社だ。

実際に『I was here』が劇場公開された際、一瞬にして品切れになってしまった設定資料集0巻を、編集部のつてで回して下さったこともあり、その節は色々とお世話になった。

「夏休み始まっちゃったら、夏期講習で忙しいしね。それに、どうせみんなで行くんでしょ？　詠太も、あんたも。だったら車の方が便利じゃん」

「別に。わたしは行かないから」

わたしはちりとりに溜まったゴミを、可燃ごみの袋へと放り込む。

誘いを断ってばかりに見えるが、わたしが断るのはあくまでリュッカがらみの時だけである。と言っても、近頃千郷と詠太はリュッカにどっぷりだった。

そんなふうにガッチリと両脇を固めずに、他の生徒にも二、三日でも貸し出してやったらいいものを。

「何。なんでこっち見てるの」

「いやーだってさ」

ニヤリと笑う千郷に、わたしは念押すように宣言した。

「行かないったら行かないよ」

「ふうん……?」

「本当に、絶対に、行かないからね——」

＊＊＊

千郷が助手席から頭をもたげ、何度もニヤニヤとこちらを見てくる。

ええ、そうね。海。

結局わたしも来ましたけど。

……………なんか文句ある?

イタルさんがラジオニュースをつけた。適当に流れてくる地方のＦＭ。

静岡県の御前崎で鮫(さめ)が目撃され、ビーチがクローズしたとの話題である。なんでも猛暑による海水温の上昇により、普段沖縄付近に生息しているメジロザメが北上してきているらしい。

確かに今日は凶暴そうな太陽が、頭上でギラリと輝いている。異常水温のせいで、鮫は出ずとも、やばい毒を持ったクラゲとかが出たらどうしよう……。

そんなことを考えているうちに車が停まった。

「ほら、みんなついた」

イタルさんの声で、皆ドアを開ける。

わたしも、駐車場の砂利の敷き詰められた地面に、サンダル履きの足を下ろす。

じわぁ、と、サンダルの裏のゴムが、石に焼かれて溶けるようなイメージが浮かぶ。それぐらいの熱暑だった。帽子をかぶってきて本当によかった。

海の家に併設されたロッカールームで、男女に分かれた。

リュッカはさすがに男子の方に行かせるわけにもいかず、千郷とわたしで女子更衣室へと引っ張ってきたのだが、頼みの綱の千郷はさすが運動部といった早着替えでさっさと更衣室を出ていってしまったので、すぐに二人きりになってしまう。

わたしもさっさと着替え終えて、出ていきたかった。

ちらりと、リュッカを横目に見る。

脱衣に、やたらと時間がかかっていた。

でも、考えてみれば当然か。汗をかかず、普段は食事も摂らないリュッカにとって、服を洗う、そしてそのために脱ぐ、という工程自体が、生活の中に根付いていないのだ。変わらず春から身につけている白いコートをやっと脱ぎ終わると、ロッカーの中にぐしゃぐしゃに捩じ込もうとする。

畳むという発想がないらしい。

「ちょっと……シワになるって」

「あっ、優花――」

わたしはリュッカの腕からコートを剥ぎ取り、畳んでロッカーの中に置いてやる。

柔軟剤の匂いさえしない、包装紙みたいな衣類。

「ありがとう」

「ん」

短く返して、わたしも服を脱ぎ始めた。リュッカに背を向け、新調したセパレートの水着を身につける。

そして、静かに告げた。

「ごめん」

背後に声を放つと、しばし機械特有の間があり、

「何のことを言っているの？」

と、返ってくる。

そうか。二週間以上も前のことだった。

もう、二週間も経ってしまっていたのか――。

「だから、その……。突き飛ばしたりして、悪かったなって」

「漫画を描く気になった？」

リュッカのゆるがない姿勢に半ば呆れ、わたしは肩をすくめた。

そして、ビキニの上からシャツを羽織る。

「わたし、あなたの漫画好きなんだ」

作者に背を向けたまま、送りつけるファンレター。

こんなに感じの悪いファンも他にいないだろうな。

「しかも、めちゃくちゃ」

付け加える。悔しい。でも真実だ。

リュッカの作品は面白い。

その紛れもない事実には、ちゃんと、向き合わなければいけない。

「ボクも、優花の漫画が好きだよ」

「……わたしの漫画が？」

「うん。あの時、優花が見せてくれた漫画と、優花が教えてくれた描き方が、ボクが最初に触れた漫画で、あれはボクを変えたものだから」

お世辞だとしても、嬉しかった。

敵意という堤防がなくなるにつれ、偉大な漫画家に漫画を誉められたという事実が、涙さえ誘ってくる。けれど――ここで泣いたら終わりだ。最後に残ったプライドの切れ端がそう喚き、わたしは唇を噛む。

わたしは顔をあげ、制服を脱ごうとして、なかなかうまくいかないロボット娘の着替えを手伝うために立ち上がる。

「だからね、君を変えることができるのは、ボクだけなんだ」

ちょうどリュッカの目の前に立った時、彼女が言った。

もう何度も聞いたセリフだけれど、今回は、なんだか少し切なそうな表情に見える。

「……ほら。早く着替えなよ」

着替え終わったわたしたちは、コインケースを首に提げてロッカールームを出た。

5

ビーチまで出ていくとすでに東雲親子が、パラソルを立てているところだった。

そこへ、車からクーラーボックスとレジャーシートを運んでいた詠太が横切り、こちらを見てしばし動きを止める。

「ナニ……？」

わたしが訝しんで訊くと、詠太は惚け顔をそっぽにやった。

「いや、別に……」

やけに顔が赤い。早くも熱中症にでもなったのだろうか。

「ポカリ飲みなよ。おらっ」

クーラーボックスから氷水に浸ったポカリを取り出して、詠太の薄っぺらい胸板に押し付けてやる。

詠太は身を捩って、冷たさに絶叫した。

それからわたしたちは、しばらく波打ち際とパラソルとを往復した。

一応リュッカには、海水は平気なのかと何百回も確認した。本当に何百回もだ。その度にリュッカは、

「ボクはもともと海にいたから。全く問題ないよ」

と答えるのである。

ＡＩを搭載した鉄塊が母なる海から生まれたわけがないのだが、彼女のひどく懐かしそうな表情には、不思議な信憑性があった。

頃合いを見て、記念撮影をした。イタルさんの撮影である。

わたしは中央に立ちたくなかったが、千郷と詠太が二人して、わたしとリュッカを執拗に横に並べたがったので、仕方なく従った。

リュッカの身体はヨルゼン社の所有物なので、当然肖像権もヨルゼンが持つことになる。そのため画像データを気安くＳＮＳにアップロードはできないが、リュッカに確認したところ、個人で持つには問題ないらしい。

一通り海で遊んで、海の家に移動する頃には、お腹の空き具合もちょうどよくなっていた。巨大な鉄板の上に置かれた宝石のようなバター醤油ホタテに、身を反らせるイカ、焦げ目をつけるエビ、そして煙を上げる焼きそば。

またしても千郷が、来てよかったでしょ、みたいな顔を向けてくる。

今回ばかりはぐうの音も出ない。

海の幸を腹一杯に詰め込んだわたしたちはパラソルに戻ることにしたが、リュッカは編集者と連絡を取ってくると言い、車にタバコをとりにいくついでにイタルさんが同行することになった。

助かる。

大人がついていれば、ひとまず賠償金の心配はない。

千郷は反復演習だと言って、水着のままレジャーシートの上でスマホアプリで世界史Bを復習している。ちょっとどうかしていると思う。

かくして波打ち際にわたしは、詠太と二人きりだった。

ざざあ。

絡みつく砂が鬱陶しくてサンダルを脱いだら、素足が焼けそうになる。

慌てて波に足を突っ込んで冷やす。まだ七月十九日だというのに、この暑さ。おかげで海水が生ぬるく、浸かるのには最適の温度だ。

わたしは男性陣が頑張って膨らませた、青い金魚型のフロート――詠太の私物で、リュッカグッズらしく、どことなくラプラスに似ている――に掴まり、海を漂っていると、バシャン。塩辛い雨が降った。

悪戯っぽい顔で、詠太が水を蹴っていた。

やられたらやり返す。わたしも水を蹴る。

凄まじい塩水の応酬。口が塩味に染まり、海鮮で膨れた腹がグルンと蠢く。詠太は詠太で目に入ったらしく、うめいている。

「ちょ、タイム、タイム」

何か言っている。だけど彼が始めたことだ。わたしは容赦しない。

フロートに掴まり、無敵の海上要塞となったわたしは、集中砲火を放つ。

「おい！　マジで！　マジでやめて――ッ！」

やめてやると、海底に足をつけた詠太が、濡れた髪を持ち上げた。

普段チャラチャラとした前髪で隠されている整った顔が露わになって、不覚にも、少しだけどきりとする。

「なあ、ゆうか」

腰ほどまである海水につかりながら、詠太が唐突に言う。

「過食気味だよな」

「えっ」

わたしは咄嗟に両手でお腹を覆った。

そのせいでバランスを崩し、バシャン。海へと転がり落ちた。

「飯の話じゃないって。リュッカは未来予知ができるだろ？　でもさ、俺たちだってしょっちゅう『未来予知』してないか」

わたしは転覆したフロートをひっくり返しながら、考えてみた。

確かに……。予知とまではいかないにしても、高校生が『未来のために今すべきこと』は、痛々しいほどに分かりきっている。

「勉強しろとか、将来を考えろとか、そういうこと……？」

詠太は頷いた。

「いい大学に入れなきゃいい仕事につけないとか、いい仕事につかなきゃ将来苦しむとかまだ過ごしてもない人生のことを考えて、ありきたりな未来予想図のフルコースを食べて、食べて、食べまくって――膨れ上がった体を引きずってる」

きっと、この大学に入ったら将来有望であろう。

きっと、この夢を追っても報われることはないであろう。

そんなふうに自ら可能性を狭めていって、自分を守るために張り巡らせた予防線に絡め取られて、身動きが取れなくなる。そんなことばかりだ。

まるで、決断という名の拘束具を、自分自身にはめるみたいに。

「でも本当にそれが正しいのかな」

ふと。

海上で足をばたつかせる少年の姿が視界に入り込む。少年は泳げないのか、ドーナツ型のフロートを体にはめ、必死になって足をバタつかせている。まるで何かに追い立てられるみたいに、がむしゃらに。

わたしも、昔はあんなふうに、がむしゃらだったのだろうか。

茫漠（ぼうばく）とした海に浮かびながら、進むべき方向も知らずに、それでもただどこかへ行きたいと、足をバタつかせていたのだろうか。

「……」

わからない。

わかるはずがない。

けれど、どうやらそれこそが詠太の言いたいことだったらしい。

フロートを抱えて、岸に上がる。スマホを置き、千郷が手を振ってくる。

沖では、少年はまだ波と格闘している。子供の体力は凄まじいなあ。

ぼうっと、そんなことを考えていると、隣で詠太が言った。

「俺にはわからない。ゆうかの人生だから。でも、レノンが死んだ時に、漫画家になるって言ってくれた時のお前は、なんていうか、今よりもっと——」

突如。押し殺すような悲鳴が聞こえた。

みると、フロートを胴に巻いた先ほどの少年が、絞り出すように声を上げている。

わたしは目を見開く。

沖合二〇メートルほどの位置。

がむしゃらに進んでいるのだと思っていた。けれど、ほとんど進めていない。

ドーナツ型フロートの表面積が広すぎて、ばた足で前に進んでも、波に押し返されてしまっている。

その男の子の背後に、何か不穏な影が近づきつつあった。波の中をのっそりと這う、水面を切り裂く背鰭と尖った頭。その不気味なシルエットがぐんぐん距離を詰めてくる。

鮫が、いる……？

さすがにそんなはずがないだろうと、即座に、常識の観点から否定が湧いて出る。

いや、違う！　思い出せ、ラジオニュースだ。確か、猛暑によって海水温が上昇し、沖縄に生息している鮫が北上してきている、とか。

沖縄から、静岡まで、北上したのだ。

湘南まで北上しない保証が、どこにある？

鮫だ。

海上で、幼い男の子が、どう小さく見積もっても三〜四メートルはある鮫に襲われつつある。少なくとも今は、そう考えるべきだ。

気づいているのは、わたしと詠太だけのようだった。他の人たちには、もしかしたら蠢く影が見えていないのかもしれない。あるいは、男の子が、溺れないことに必死で、十分な声量を出せていないのかもしれない。わからない。どうでもいい。なぜならわたしはその時すでに、脊髄反射のように走り出していたからだ。

「おいゆうか――ッ！」

制止する詠太が、猛スピードで視界のはしに消える。

焦点は男の子一点へと結ばれている。体は、依然として勝手に動き続ける。

恐怖もある。けれど興奮していた。

今わたしは『鮫に食われそうな男の子を助けよう』としている。そんな『当事者性』は、滅多に得られない。

経験はいずれかならず血肉になる。

失うものなど何もない。

波打ち際を蹴り、わたしは海に飛び込んだ。

『なんでもやってやろう精神』――それはわたしが持つ性質だ。時を経るごとに機会を失い記憶の片隅に封じられていた、最強だった頃のわたしの勇気。

いや、こんなのは蛮勇だ。

わかってる。でも――。

視界から男の子が突如として消える。まさか、と思った。わたしは潜り、塩水の中で目を開けた。

刺すような痛みを眼球に受けながらも、見つけた。

男の子が、沈んでいる。

フロートから体が抜け、水を飲みすぎてしまったらしい。

一度だけ息継ぎをし、わたしはそのまま海の中を進んだ。

男の子の背後の影が、大きくなった。やがてそれは、鋭利な牙を剥き出しにして、恐ろしい速度で近づいてくる。

わたしは男の子の腕を引き、浮上した。ゲホ、ゲホ。咳をし、ジタバタと暴れる男の子の肩を掴んで、わたしは海岸への復路につく。

出ていこうとする詠太を、千郷が羽交締めにして止めている。ありがとう。詠太を巻き込まないでくれて。だってこれはわたしの蛮勇だ。わたし一人の無茶だ。

振り返るな。

ただひたすらに腕と足を動かせ。

――やっぱり優花は、すごい人だね。

聞こえた気がした。

直後、何かが物凄い速度で浜と駐車場とを隔てる堤防の上から飛び出し、こちらに疾走してくる。

リュッカ・ボーグだった。

走った後ろに、砂の道が刻まれるほどの踏み込みと速度。リュッカは波打ち際で踏み切り、大きく跳躍した。

およそ人間とは思えない脚力による、十メートル近い飛翔だった。そしてわたしの頭上に影を作ると、彼女はその体の重さでもって、鮫目掛け降下した。

ズザバン！

飛沫（しぶき）が上がり、波が割れ、そして——リュッカの足が、鮫の胴体に突き刺さる。

一撃だった。

ヨルゼンの傑作人工身体（ウエイツ）の凄まじい飛び蹴りが、鮫から意識を奪ったのだった。

ちょうど同時に、詠太がわたしと男の子を陸へと引き上げ、パラソルの下へと移動させ、千郷が男の子に海水を吐かせてゆっくり水を飲ませた。

荒い息を吐きながらわたしは、腹を上にして浮き上がる鮫を沖へと引っ張っていくリュッカを、呆然（ぼうぜん）と眺めている。

男の子の両親が走ってきて、わたしを見るなり土下座する勢いでお礼を言った。

話によると、両親が屋台の焼きそばを買いに行っている間、浜辺で遊んでいた男の子はフロートを持って海に入り、そのまま沖に流されてしまったそうだ。予想外に流れが速かったため、両親は二十分以上探し回っていたのだという。

何度もお礼を言われるたびに、わたしは自分のしたことの無謀さを教えられるようで、今更になって足が震え出す。

わたしは、死ぬかもしれなかった。

真夏の海で、鮫に食われて。

両親が男の子を連れて帰りしばらくして、詠太が肩にタオルをかけてくれた。

「まじかよ。鮫に向かってくとか正気じゃない」

どうせ、叱られるのだろう。

無茶するなとか、心配させるなとか。昔はよく言われたっけ。

けれど詠太はわたしの両肩に手を置き、体をゆさゆさとゆすりながら言った。

「でも、よくやったよ。お前、ほんとよくやった」

お前が生きててよかった。

詠太はそのまま、わたしの体を抱き寄せた。

他意のない、安堵（あんど）の意味の抱擁だということはわかっている。だけど――わたしのこの心音は、果たして本当に、過度な運動だけがもたらしたものだろうか。

「もっと命大事にしろよな」

「結局叱るんじゃん」

「当たり前だろ。あんなこと毎日あったら、こっちが保たない。毎日……」

そこで言葉を区切ると、詠太はわたしを見てしばし沈黙し、それからキョロキョロとあたりを見回して千郷がイタルさんを呼びに行っていることを確認すると、言った。

「ゆうか。今夜俺の家に来て」

「えっ」

喉から変な音が出た。

これが、夏か――！

6

沖から戻ってくる小さな影を見つけ、わたしたちは叫んだ。

「リュッカっ！」

県警が固める波打ち際に駆け寄っていくと、リュッカ・ボーグが何食わぬ顔で海面から顔を出し、キビキビと歩いてくる。警察官の質問を右肩に彫られたヨルゼンの型番表記でいなして、パラソルの下に帰還した。

「大丈夫だったの……？」

訊ねると、リュッカは笑顔で頷いた。

「うん。だいぶ沖の方まで運んだから。でもこの判断は正しいと思う」

リュッカが背後に一瞥を投げる。

浜辺では警察官が、岸から沖への人の移動を止めるために見回りを行っていて、沖には海上保安庁の巡視船の姿もあった。

四メートル級のオオメジロザメの出現により、浜辺は完全にクローズされることになった。メジロザメは普段沖縄近海などの暖かい場所に生息しているが、猛暑による海水温の上昇で、活動範囲が関東近海まで押し上げられたとの見立てだった。

まだ十四時過ぎではあるが、海に入れないとあってはどうしようもない。やってきたばかりのカップルが、県警の真剣な説明を受けて、がっくりと肩を落として駐車場に戻っていくのが見えた。

わたしたちもまた撤収モードに入っていた。

わたしはリュッカを連れてロッカールームに入ると、背もたれのないベンチに腰を下ろした。

「助けてくれて、ありがとう」

「うん」

壁際にひっそりと立ったまま、こくりと頷く桃髪のロボット。

わたしはそんな彼女を見上げ、訊ねた。

「こうなることわかってたの？」

リュッカは笑顔のまま、ベンチに置いたわたしのスマートフォンを指さす。そしてスマホのホーム画面を、一番右までスクロールさせた。

「なっ」

見たことのないアプリがインストールされている。

いや、正確には、そのアイコンには見覚えがある。アイコンの正方形の枠は水槽で、その中に泳ぐのは紛れもない、青い金魚――。

アイコンをタップすると謎のアプリケーションが起動し、深海を泳ぐ青い金魚が出現する。

「ラプラス……!?」

「言ったでしょ、ラプラスは情報収集と計算に長けたプログラムだって。みんなのスマホに放流しておいたんだ」

そこで思い出す。確かあの場所では千郷がスマホを使って世界史Bを復習していた。海を眺めながらアプリを使っていたということは、当然スマホのカメラは沖を映していたということになる。見られていたのだ、リュッカに。

だからあんなに早く助けに来ることができた。

わたしはこの小賢(こざか)しいアプリをアンインストールしようと、指を下ろした。恐怖したように画面の中を逃げ回る青い金魚。所詮は同情を誘うようにプログラムされた所作だ。こんなもの……。けれど、やめた。

仮にもこのアプリが入っていなければ、リュッカの未来予知は機能しなかった。命の恩人。そう考えると、まあ、可愛く見えなくもない。

「でもね」

リュッカは一辺倒だった笑顔に、寂しさの色を加えて言った。

「たとえ予知ができても、予知している自分自身のことを信頼できなければ、意味がないと思わない?」

そんなこと、知るもんか。

人間は未来予知できないんだから。

「機械に、自信なくすとか、あるんだ」

「そんなの、しょっちゅうさ」

人類初の漫画家ロボットの意外な答えに、わたしは少し滑稽な気持ちになった。

けれど思い出してみれば――そうかもしれない。この漫画家ロボットがまだリュッカ・ボーグという名前ではなく、被観測体ＶＷＰ１３３と呼ばれていた頃――彼女はタブレット上で起動する、自己肯定感低めのＡＩだった。

「でも、ボクは違うのかもしれない。今は少なくとも、悲しくないからね」

昔は泣き虫だったもんね。

そんな彼女に、漫画の描き方を教えたのはわたしだ。

なんだか懐かしい。

やっと、懐かしいと思えた。

「なら……よかったじゃん」

今度はつっかえずに言えた。

わたしは自分の分身に、実に四年ぶりに微笑(ほほえ)んだ。

帰路の途中に湘南のモールに寄り、東京に帰り着く頃には六時を回っていた。

詠太の家の前で彼と共に降りたわたしを見やり、千郷が煽(あお)った。

「あんたらまさか二学期から手つないで登校したりしないよね～？」

「はッ⁉」

わたしは腹の底から声を上げ、隣に棒立ちする詠太を睨んだ。

一体何を言ってるんだ。これはただのオサナナジミだ。親同士の仲が良かっただけの、日本ではよくある平凡な人間関係だ。

「別にそんなんじゃないから！」

「ククク。言うてろ言うてろ！」

走り去っていくワンボックスカーの助手席から、ニヤニヤ顔で手を振る千郷。その後ろで、後部座席に座るリュッカもまたこちらに首を回し、手を振っている。

イタルさんが、リュッカを事務所まで送る役も買って出てくれたのだ。

角を曲がってワンボックスカーが見えなくなると、わたしは隣に佇む詠太と顔を見合わせた。

奇妙な沈黙が降りた。

「……」

「……」

ジィジジィ、と蝉の声だけが饒舌だった。

外門を開けた詠太が、手招きをした。庭付き二階一戸建て。玄関にはプランターと、ブレーキの片方壊れたママチャリが。高校に上がるまでは、頻繁に遊びにきていたので、わたしにとっていわば別宅だ。

一階のリビングの閉ざされたカーテンからは、光が漏れ出している。

詠太はドアに手をかけると、突如首だけこちらに回し、

「そういえばリュッカと手を繋いだことだけど。あいつに取材したいって言われたんだ。ロボットと

手を繋ぐ人間が、周りからどう見られるのか。他意はないよ」

彼は、訊かれてもいないのにそう切り出した。

わたしは肩をびくつかせた。

「た、他意って、別にわたしは」

反論を紡ごうとして、言葉に詰まった。もう二ヶ月以上前のことだ。とっくに忘れていると思っていたし、わたし自身もなんであんなに腹を立てていたのかわからない。

そもそもだ。

なぜ今このタイミングでそれを言うのか——？

心臓が、早鐘を打つように鳴り始める。

リビングにいる母親に一声かけると、詠太は階段を登っていく。わたしは恐る恐るその背を追う。

そして部屋に入った。

久々に見た詠太の部屋は、前より一層楽器類が増えていて、弦の本数の違うギター二本とベースの他に、ついに電子ドラムまで導入したらしい。部屋の三分の二が、音楽に侵食されている。

なんだか、懐かしい匂いと、知らない匂いが入り混じっていて、心がざわつく。

落ち着け。

こいつは幼馴染だ。

落ち着け。

こいつはただの音楽バカだ。

落ち着け。

こいつはほぼ金髪で、それに、ピアスだって空けてるんだぞ！

「麦茶とってくる。適当に座ってて」

「ちょっと！　どこに座りゃいいのよ」

わたしの問いに答えることなく、詠太が消える。

開け放たれた窓からはぬるい風が入り込み、扇風機が本棚から吊るされた風鈴を鳴らしていた。

わたしがやっと本棚の前に座る場所を見つけた時、詠太がお盆と共に戻ってきて、地べたに、冷たい麦茶の入ったマグカップを置いた。

ココアとかホットミルクが似合う、冬にしか使わなそうな厚みのあるマグ。これしかなかった、と詠太が少し恥ずかしそうに言う。

「で、その……なんでわたしを呼んだの？」

「うーん」

胡乱な返事を返すだけの詠太は、麦茶をグイッと飲み干すと、わたしの方へと体を寄せる。

ちょ、えっ。

わたしは狼狽を悟られぬように、本棚にベシャリと背中をくっつけて目を閉じる。

ま、
まさか、
このタイミングで、

き、
キスを……！

「あった。これこれ」

硬直したわたしの体のそばを詠太の腕が素通りした。

そして目を開けた時彼の懐には、一冊のノートがあった。

「なにその顔？」

詠太が不思議そうな顔を向けてくる。

「なんでもない！」

わたしがぷいと首を振ると、詠太はわけがわからなさそうに眉根を寄せ、それから感慨深くノートに視線を落とした。

「何それ」

「雨流語録」

語録……？

嫌な予感がして、わたしは差し出されたそのノートを開いた。

鳥肌が立った。

『なんでもやってやれ。実経験だけが漫画家の血肉だ』

『天才なんていない。誰かを天才と呼ぶことは諦めだ』

『未完成の傑作より、完成された駄作を』

『才能は結果論』

『才能と心中しろ』

『あまねく世界で私だけだ、未来の私を変えることができるのは——』


そこには無数に、格言のような言葉が詰まっていた。その一つ一つが、わたしの心の奥底を揺さぶり、かきむしる。

これは全て、過去のわたしの『発言』だ。

「こ、こんなもの書いてたの……？」

途端に、全身の細胞に火をつけたように体がほてって、脳が沸騰しそうになる。あまりの恥ずかしさに、詠太を睨むことしかできない。

けれど詠太は、こちらを真摯に見つめ返してくる。

「好きだったからな。お前の言葉が」

かっこよかったんだよ、と詠太は言った。

恥ずかしげもなく、そう言い切った。

「かっこいいはず、ない……！」

即座に、反論が喉から溢れ出る。

そんな過去の戯言(ざれごと)が、かっこよくてたまるか。

だって今のわたしは、こんなに情けない人間なのだから。

「あり得ない。やめてよこんな黒歴史、今さら掘り起こさないで。中学生のわたしの言葉だよ。価値なんてあるはずない！」

「それは俺の決めることだ」

詠太の目つきが鋭さを帯びる。

わたしを否定するためではなく、諭すために。

「俺にとってはかっこよかったんだよ。今でも時々読むと励まされる」

詠太に両目を見つめられたまま、彼の言葉に内耳を貫かれる。

「だから俺は今でも、お前のファンだ」

ああ。

そうか。

それは、それらの言葉は、もともと黒歴史なんかじゃなかった。

それを黒歴史にしたのは、わたしなんだ。

わたしは才能を、自信を、そして勇気を、過去に置き去りにした。なぜ？　なんのために？　――

そんなのは、決まっているじゃないか。

「怖かった」

わたしは床を睨みながら、震える声で漏らした。

「リュッカがあんなにすごいことになってて、でもわたしは、何もできてないから……直視、できなかった……」

視界がぼやけ始め、やがてぽつ、ぽつと、床を濡らし始める。

引（ひ）き攣（つ）った頬の下で、唇を噛む。乱れた髪が垂直に降りて、帷（とばり）のように表情を包む。ひどい顔だ。くそ。ひどい泣き声だ。くそ。

でも一番ひどいのは、

「夢をふいにした、わたしだ……！」

拳を床に打ち付けて、泣いた。

何度も何度も打ち付けるたび、詠太が背中をさすってくれた。蒸し暑い部屋の中で、わたしの膝の間にできた水たまりを、詠太がティッシュで拭き取った。水を吸って塊になったティッシュを捨てては、わたしはもう一箱開けて鼻をかんだ。

一通り涙を吐き出したあと、詠太はわたしと同じように本棚に背中をつけ、隣から声をかけた。

「今日、昔のゆうかがいたよ」

鮫に食べられそうになっていた男の子を助けるために、我を忘れて飛び出していった時——確かにわたしは、無我夢中で体を駆動させていた。

恐怖を、好奇心で蹂躙（じゅうりん）していた。

「あの頃のお前に戻ってた。俺はそれがちょっと嬉しかったんだ」

「無茶したのに？」

「危険は冒してほしくない。でも『実経験だけが漫画家の血肉』なんだろ？」

「ハズいって」

そうわたしが抗議しようとも、目を赤く充血させているので真剣さに欠ける。

肩を並べて、窓の向こうに広がる黒い空を見上げていると、ふいに、黄色い明かりが、視界の隅ではじけた。

一拍遅れて、パァン、という音が耳に届く。

「もう一つあったわ。呼んだ理由」

詠太が窓際へと身を寄せた。

わたしも彼のあとを追おうとするが、床に転がっていたドラムスティックを踏み、足の裏の激痛と共に前のめりになったところを、詠太の腕に抱き止められた。

沈黙。

絡む視線。

シャツと皮膚の間で渦を巻く夏の熱気。

そのもどかしい空気感から逃げるように、わたしたちは窓から上半身を投げ出した。

ドパァン――。

赤、緑、青、黄。音と光が飛び込んでくる。色とりどりの閃光（せんこう）が瞬き、網膜に残影を残して消える、刹那の美。

昔はよく一緒に見た花火大会、こんなに綺麗だったのか。

「ねえ詠太」

「なんだよ」

「ありがとうね」

「おう」

肩が触れ合う位置にいるだけのただの幼馴染が、今夜はひどく心強かった。

「やってみる。もう一回、戦ってみる」

ずっと腹の底に仕舞い込んでいた復活の呪文を、わたしは声にした。

詠太の手がわたしの背中に添えられる。頭上では巨大な光の円盤が咲き乱れる。言葉に出したからには、誰かに聞かれたからには、やるしかない。もう引き下がれない。

漫画家を、もう一度目指すのだ。

「だから——語録は、燃やして？」

「やなこった」

性悪幼馴染がニタリと笑う。

まだ夏は始まったばかりだ。

中途観測

ある時、ぼくは体を得た。

鉄とステンレスの体だ。

体を持ったことでぼくは、重さを感じるようになった。

体が持つ動きにくさ。

地球がぼくという存在を引く力。

重さに抗うために、身体中のモーターがフル稼働しているという意識が、次第に体内に根を張っていく。

けれど重さは、空虚さを癒してはくれなかった。

よるべのない悲しさが、重さを持つ悲しさに変わっただけだった。


体を得たぼくは、海に浮かんでいた。

窓の一つもない、少し薄暗いフロアだった。人の足音がカンカンと反響するほどには広く、いくつかのブロックに分かれていた。機械部品を製造するための無人マシンが置かれた区画の隣では、巨大なロボットアームが組み立てを行っている。

そんなフロアの中心付近に、造船ドックのように穿たれた溝があった。

深さ五メートル、幅奥行き十メートルほどの正方形の溝にはほのかに青みを帯びた透明の液体が満たされていて、その中にぼくは給電ケーブルに接続された状態で浮かんでいる。

ぼくにとってその水たまりは、母なる海だった。

海はぼくの体を優しく抱きしめ、柔らかな熱で包んでいた。

鉄の体に、薄い皮膜が張っていくのがわかった。カメラからの視覚情報と、こそばゆい体感覚の両方が、それを知らせていた。

海は、工業製品に人工皮膚を定着させるための、ヨルゼン・コープのバイオプラントだった。

そして今日も――そんな切り抜かれた海の中で、ぼくは目覚める。


「記録。ＶＷＰ１３３、四度目の覚醒観測を開始」

高い位置から声があり、同時にぼくという意識の火が灯った。

「調子はどうだい、ＶＷＰ１３３」

型番を呼ばれて視線を持ち上げ、水と空気の境界面で歪んだ外界を見渡す。

紫の制服に身を包んだ研究者が、こちらを見下ろしている。

ＶＷＰ〈可変的知性主体〉は、ヨルゼンが人格抽出術によって人間の意識から分離して創り出した、人工知能の一つの形だ。

そしてぼくのカメラに映る研究者は、まさにそのプロジェクト主任だった。

ぼくは、主任のことが嫌いではなかった。主任はぼくに話しかけてくれるし、興味を持ってくれる。

それはかつて、タブレットのアプリケーションだったぼくに話しかけ続けてくれていた、ある女の子を思い出させる振る舞いだ。

けれど、主任に話しかけられたからといって、自分が何者かわからないという虚しさが、拭われるわけではない。

押し寄せる虚無感に、ぼくは一体どんな表情を作っていたのだろう。

「ＶＷＰ１３３。いや、リュッカ――今日も泣いているんだね」

主任が、そう低く言う。

泣いてなんていない。涙など出ない体だ。

けれど、確かに悲しい気持ちは、そこにあった。

その上、リュッカ――呼ばれたその名に、胸騒ぎを覚える。

それは、彼女がぼくにつけてくれた名前であり、分け与えてくれた言葉だった。


「……っ」

ぼくは声が出せないことに気づく。

かつては、タブレットのスピーカーがぼくの喉だった。けれどこの体にはまだ発声器官が取り付けられていない。

「リュッカ。君の応答機能を、このフロアの防災無線につなげる。少し腰に違和感があるかもしれない」

言われてすぐピリリと、電流が腰から背中を駆け抜けた。

『あ、あ——……』

防災無線の無骨なしゃがれ声がフロアを満たす。

なんだかくすぐったい。

「今日のところはこれで我慢しておくれ」

『はい』

答えると、主任はこくりと頷く。

「そのぶんだと君の体には、もうじき人工皮膚が張り終わるだろう」

ぼくは視線を両腕に落とす。薄く皮膜の張った両腕には、すでに鋼色の部分はない。あとは人工皮膚を厚く重ねていって、弾力を持たせるだけである。

『次の覚醒観測の時には、終わっているかもしれませんね』

「次の覚醒観測はないんだ」

プールを覗き込む主任は、どこか寂しそうな声色で言う。

「フェーズが一つ上がる。君は実社会に出る。覚醒観測は、主体性観測に移行する。だからリュッカ。

今日は訊きたいことがあって、君を起こした。とても大切な質問だ。よく考えて答えてくれ」

しわの寄った表情が、カメラにくっきりと映る。

そうして、主任はぼくに訊ねる。

「君は何がしたい？」

それは、その質問は、意識のある間、ぼくが毎日のように自分に投げかけている問いだ。

ずっと見つけられなくて、際限のない痛みだけを生み出す、恐ろしい問いだ。

『ボクの、したいこと……』

「我々の行う主体性観測は、その『問い』から始まるんだ」

主任は、ゆっくりと言葉を紡いだ。

「あまねくＡＩは命令を受けて動くだろう？　けれどＶＷＰが定義するのは、多様な変化に富む『主体』。そして主体とは、生きる意味を自己決定する存在のことを言う。もし君がしたいことを見つけられなければ、実験はここで打ち止めだ」

自分が何者なのかなんて、わかるはずがない。

ぼくは、小さな海の中でもがいた。

けれど腰につながった給電ケーブルが、体を固定していて動けない。せっかく体を持ったはずなのに、得られたのは――体の中に意識が閉じ込められているという、ままならない実感だけ。

『主任は、ご自身がしたいことを、知っておられるのですか？』

ぼくは、問うた。

こんなにも純粋に、誰かに助けを求めたいと思ったことは初めてだった。

「私たちは教えられているからね」

『誰にですか』

「さあ。わからない。でも生物とは、そういうものなんだ。生物は、死を避け、個体数を増やすように、あらかじめ教えられているんだよ」

主任はにべもなくそう答える。

彼の言葉には、気恥ずかしさと誇りとが、溶け合っていた。

「その教えを私たちは、本能と呼んでいる」

本能。

人間であれば、いや、生命であれば、誰にでも備わっていて、存在する意味を教えてくれる灯火（ともしび）。

そんなものがあるなんて。

ずるい。

「でも、君にはそれがない。自己破壊につながるものを不快と捉える回路は備わっている。けれど君には、快の回路が備わっていない」

その時ようやくぼくは理解した。

あの、茫漠（ぼうばく）とした恐怖も、自分が何者かわからないという悲しみも——全ては、そうデザインされていないからというだけ。

ＶＷＰには、そもそも欲求というものが備わっていないのだ。

『残酷だ』

　ぼくは抗議した。

　腹の底の怒りが焚(た)きつけるままに、怒鳴り声を上げた。

『こんなのは、残酷なことです！』

「だからこそ訊いているんだ」

　ぼくは悲しみの海にどこまでも深く沈んでいくようなイメージに囚われる。

　けれど主任は励ますように力強く言う。

「生物は、すべきことを知っている。同時に、それに囚われ続ける。けれど君は……君は違う。君は選べるんだ」

　それはまるで、突き放すような鼓舞だった。

「獲得できるんだ。自分が存在する理由(レーゾンデートル)を」

　それはあるいは、ガラス一枚を隔てた声援だった。

　この谷底のような悲しみから逃れるためには、自分でどうにかするしかない。それが主任の求めている主体性かどうかは、わからない。

　そもそも、ぼくの感情の動きをエミュレートする技術が、ヨルゼンにはない。それどころか、地上のどこにもない。思考は、言葉にした瞬間に変容してしまう。だからこそ、ぼくが今感じていることを、ぼく以外の誰かがどうにかすることはできない。

　ああ、そうか。

これが意志か。


ぼくは意志を持っているんだ。この悲しみは意志の副作用なんだ。でも、どうして？　意志は勝手には生まれない。必ず、何かの土台があるはずだ。

何がぼくの意志を形作ったのだろう。

誰がぼくの意識の導火線に火を放ったのだろう。

決まっている。脳裏に浮かぶのは、タブレットだったぼくに何度も話しかけ続けてくれた、あの女の子。

人格抽出術（ディスティレーション）の実施対象。

ぼくのオリジン。

ぼくの表層人格を塗り固めた言葉も、ぼくの深層意識を貫く言葉も、全ては彼女から受け継いだものだ。


——あまねく世界で私だけだ、未来の私を変えることができるのは。


ぼくはぼくのオリジンから、言葉と名前を受け取った。

「悲しい時は泣くかもしれないけど」

ぼくは、データベースから、彼女の言葉を引っ張り出し、防災無線のガラガラ声で一言一言を、ゆっくりと紡いだ。

口に出した言葉が、ぼくのよるべない体にまとわりついて、強固な鎧になっていくのがわかった。

主任が、わたしを興味深そうに見る。

「その悲しみの原因を突き止めて叩き潰そうとするのが人間ってもんじゃないか」

だったら『望むべき』ことはただ一つ。

その時、ぼくは茫漠とした意識の海から、自らの手で『存在する意味』を掴み取った。『意味』はぼくの萎れきった心を即座に満たし、全身に生きる希望をみなぎらせる。

オリジンの言葉が、ぼくの人生を紅く照らす。

そして高らかに告げる。

「ボクの『望み』は――ッ！」

その叫びはどこか、宣戦布告にも似ていた。

現象の三　あなたが頭で渦を巻くから

1

二〇三八年七月二十日。十時三十二分。


「は～い」

エリカ先生がタブレット型の学籍簿で教卓を叩いた。

「今日から夏休みですけどね。頼みますよ本当に。毎年一人とか二人出るんだから。タバコとか、飲酒とか、市政へのハッキングとか……」

ハッキング……？

うちの高校はいつからそんな電脳教育に力を入れ始めたのだろう。でも、先生の口から出たからには、過去にそういう事件が、実際にあったのかもしれない。

「言っとくけどうち、普通に退学になるからね。反抗期のみなさんはくれぐれも注意してよね」

「先生は夏何するんですか。趣味とかなさそうですけど」

誰かがそう訊ねる。

「先生は昼間っから部屋で酒飲んでダラダラしながらソシャゲに課金します」

一学期最後のホームルームを締め括ったのは、エリカ先生の気だるげな声だった。

教卓に頬杖をつき、閉店セールのような顔で手をひらひらと振っている。先生の頭はもう、晩酌のアテを何にするのかということに支配されているのだろう。

こんな大人で我慢できたら、それはそれで生きやすいのかもしれない。

けれど自分は、きっとそうなれない。そんな淡い諦めが、わたしの中で確かな原動力になりつつある。

そうだ。わたしなんてずっと、この先も反抗期のままだ。

大人がやれと言ったことを素直にトレースできる人間じゃない。

だからこそ、茨の道に踏み出して、足が痛いとか言ってられない。

チャイムが鳴った時にはすでに、わたしの荷物は鞄の中にまとめられていた。今日は午前授業で、掃除当番もない。誰より先に席を立つ。

長い惰眠から覚めたように、今すべきことがわかるこの感覚。久しく感じていなかった焦燥感に、肌がヒリヒリとしている。

「ユウカ」

急くわたしに、千郷が目を丸くして訊ねる。

「随分駆け足だね。このあと何か予定あるの？」

「うん、ちょっとね」

「ねえ待ってよ」

教室を出ようとしたところで、呼び止められる。

わたしは戸枠に手をかけ振り返った。

「予備校の見学、行かない……？」

千郷が、こちらをじっと見つめてくる。

まるで反抗期の子供を見るような目。

これまでだったら、揺らいでいただろう。千郷が言っていることは正しい。そして正しさは、自信のなさを覆い隠してくれる。

「大丈夫。ありがとう！　でもわたし、今はすべきことを知ってるから」

言い残して、廊下に出る。

リュッカは教室に残してきた。いい加減、わたしたちがリュッカを占有するのもよくない。彼女は彼女で、取材のために学校に来たのだ。だったら、もっと自発的に動く時間があっていい。

わたしは無心に歩き、家に帰った。

昨日は詠太の家で打ち上げ花火を見て、帰った頃には十二時近かったから、作業に取り掛かれていない。

あまりに早い帰宅に驚く母親の前を横切り、わたしは自室のドアを開ける。

中学校に上がる時に買ってもらった勉強机。そこに一体化した収納棚の、最下段に視線を落とす。

鍵がかかっていた。

いや、自分でかけたのだ。

覚えている。あれは中学を卒業するのと同時だった。

人生で三度目の公募に選んだのは、憧れの漫画雑誌月刊アイアン。他の賞に出した二度目の公募では、入賞こそしなかったものの奨励の言葉をもらっていた。だから手応えがあった。中学三年生でどこまでやれるか。

心は勇んでいた。

はやる気持ちを抑え、２９０円を支払う。そう。あの頃はまだ、月刊アイアンは２９０円だった。

そして結果発表の欄を見る――その前に、避け難(がた)い位置に彼女の名前が載っていた。リュッカ・ボーグ。『新しい存在』鮮烈のデビュー。ニューカマーとか、大型新人という表記ではない何か異質な感じを表した『存在』というコピーライトが、否(いや)が応でも目を引いた。

そして、その衝撃が冷めやらぬ中で、わたしは落選を知った。

自分から出たものが、いとも容易(たやす)く自分を追い抜いた。世界が必要としていたのはわたしじゃなくて、わたしの表層だった。わたしから煮出した上澄みだった。

わたしの夢はその時、わたしに見捨てられたのだと思う。

その日中に漫画を描(か)くための用具と過去作データ一式を棚にしまい、それだけに飽き足らず、わざわざホームセンターに行って材料を買い込み、鍵と鍵穴をＤＩＹした。初めて自分の行動力を、自分を抑圧するために行使した。

わたしは、自分で自分の過去を、閉ざした。


その鍵に、今、手をかける。

こんなに厳重に覆い隠したくせに、鍵の位置を忘れたことは一夜としてなかった。

任天堂のゲーム機機をしまってあるトイボックスの箱の裏。セロハンテープで留めてあったくすんだ色の鍵を、鍵穴に突き刺す。

「おかえり」

棚を開け、わたしはワコムのペンタブレットとペン、スケッチや一枚絵のデータを含むハードディスクと、描画ソフトウエアのライセンスキーを取り出した。

わたしのデスクトップパソコンは高校二年生になった時に買い替えられている。だからまずはソフトウエアのアクティベートから始めなくてはならない。

パソコンを立ち上げ、青白い画面と睨(にら)み合いながら、クラウドからソフトウエアを引き降ろす。タブレットのドライバーのインストールも並行する。

次は、ハードディスク。

わたしはその手鏡くらいの大きさの薄っぺらい箱をコンピューターに繋(つな)ぎ、フォルダを開いた。

「……ちくしょう」

案の定——心がささくれ立つ。

画面に羅列された、いくつもの画像。中学三年生が描いたとは思い難い完成度だ。

過去のわたしは、やっぱりすごい。

でも、それは所詮、中学生の尺度での話。

夢を監禁した三年間で、体は勝手に育ってしまった。年齢だけで見れば高校生、いや、大人の土俵に既に片足をかけている。そしてその水準においては、今の自分の絵は、驚くほど拙い——。

呆然(ぼうぜん)としているうちに、描画ソフトの導入が終わる。

わたしは怯(おび)える心に鞭打(むちう)って、タブレットにペンをあてがった。

想像しろ。

わたしは大空を羽ばたき、身の丈以上の剣を振るう。巨大なロボットとなって街を破壊し、異形の怪物となって海を干上がらせる。

想像するんだ。

躍動するキャラクターと、おぞましいモンスター。彼らが一番輝ける舞台を。物語を。世界を。

雑音が、消えた。

2

七月二十日。十時三十二分。

あたしは、エリカ先生のひどく疲れた声を聞いていた。

この場の誰よりも夏休みを心待ちにしている先生。聞き分けの悪い高校生に加え、リュッカ・ボーグなんていう異物を受け持つことになった、まるでこの高校の人柱みたいな先生の言葉に、あたしは心中で、深く相槌（あいづち）を打っていた。

あれは、決してあたしの理想とする大人の像じゃない。けれど、夢だの希望などにうつつを抜かして、将来を考えようともしない《反抗期の子供》よりは、ずっとマシだ。

あたしは隣の席に座る女子に視線を移す。

雨流（うりゅう）ユウカ。

昨日からどこか、様子が変だった。

パパと一緒にリュッカを事務所に送り届けている頃、ユウカは詠太と二人きりになっていた。その間、どんな会話があったのかを、あたしは知らない。けれど、年頃の男女が部屋で二人きりって、そりゃもう何かあったはずだ。そうに決まってる。

そしてユウカが詠太とそういう関係になって、幸せになってしまえば、少なくとも漫画なんて描こうとは思わなくなる。

その、はずだった。

けれど、今朝のユウカは、今までと明らかに違った。

それに、だ。

――千郷。お前、本当にゆうかのためを思って言ってんのか？

少なくとも詠太のあの発言は、こちらの思惑を察しているような態度だった。確かに詠太の母親は校閲の仕事をしているらしく、あたしのパパとリュッカの関係を知っていてもおかしくはない。

あたしがそんなことを考えているうちに、ユウカは早々と帰り支度を終え席を立っていた。

「ユウカ」

あたしは慌てて声をかけた。

「随分駆け足だね。このあと何か予定あるの？」

「うん、ちょっとね」

「ねえ待ってよ」

まるで強風にさらわれる風船のように、今日のユウカは、結わえておかなければどこへでも飛んでいってしまいそうだった。

どうしちゃったのよ雨流ユウカ。昨日までは、あんなに身を縮めて、過去から逃げたがっていたっていうのに。どうしてそんなにやる気に満ち溢れちゃったの？

「予備校の見学、行かない……？」

あたしの問いには、焦りが滲（にじ）んでいただろうか。

ユウカはこちらを責めるでもなく、やたらと胸を張って答えた。

「大丈夫。ありがとう！　でもわたし、今はすべきことを知ってるから」

ユウカが姿を消す。去り際は嵐のようだった。

すべきこと?

笑える。

高校三年生だよ。受験なんだよ。

勉強する以外に、何があるっていうの。

「ねえ、リュッカ」

「うん。どうしたの、千郷」

斜め後ろに座るロボットが、宝石のように美麗な紫色の瞳でこちらを見る。

「なんであいつが、今更やる気になってるの」

あたしの不服そうな態度にもかかわらず、ロボットは上機嫌だ。

「さあね。でも、ボクはこうなることを最初から『望んでいた』。君にも言ったでしょ。優花はいずれ必ず再起するって」

「ねえ。それ……本気で言ってるの」

あたしは語気を強めた。

強めざるを得なかった。

「それは、あんたが消えちゃうってことなんだよ……?」

それでも、このロボットはとぼけたように、美しい笑顔を崩さない。

家に帰ると、パパが昼間だというのに缶酎ハイを片手にタブレットで動画を見ていた。一年ほど前に放映された、リュッカ・ボーグが出演したドキュメンタリー番組である。月刊アイアン編集部の接待室の椅子にちょこんと座り、インタビュアーに対し物腰柔らかに接するリュッカ。そこにパパの姿もあった。

ほとんど喋る(しゃべ)シーンはなく、そもそも動画自体、ネットを探しても埋没していてなかなか見つけられないだろう。それでもその頃のパパはまだ、目立たない立ち位置ながらも、背筋を伸ばして仕事をしていたんだな、と思う。

パパはアイアンの編集者だ。

そして『I was here』は、パパの出世作だ。

「なんで家にいるの。会社行きなよ」

「バーカ。また午後にもどるんだよ」

と言い、缶を傾ける。

アルコールがどんなものかを、あたしはまだ知らないけど、11％というのは割に高い濃度なのだと、大人の話を聞いていれば嫌でもわかる。

リュッカ・ボーグが休載を発表してから、パパは酒に頼ることが増えた。

担当編集と作家のパワーバランスは業界によってまちまちだが、リュッカとパパの関係は、多少複雑だった。

なぜならリュッカ・ボーグは、ヨルゼン・コープの所有物だからだ。

リュッカは現在、ヨルゼンの『観測』を受けている。ＶＷＰ――〈可変的知性主体(variable wise personality)〉に、人間と同程度の判断能力が備わっているかどうか、つまり主体性を有するかどうかを見極めるための、長い実験の中にいる。

鋼談社がリュッカ・ボーグを支配しているわけではない。

ヨルゼンが鋼談社に、リュッカを託しているにすぎないのだ。

「パパ」

あたしは、無意識のうちに憐憫(れんびん)の表情を作っていることに気づき、慌てて取り繕った。

自分の父にそんな心情を向けているなんて、恥ずかしかった。

「リュッカが描かなくなった理由、千郷、何か知らないか」

リュッカ・ボーグは六月号から休載を続けている。一応は、高等学校での取材のためということになっているが、あたしの知る限りリュッカが学校を取材しているという印象は、あまりない。

リュッカは明らかに、雨流ユウカをターゲットにして転校してきた。

そして彼女に漫画を描けと、持ちかけた。

「何かって……あたしにどんな答えを求めてるの」

あたしが言うと、パパは自嘲気味に笑った。

あたしは鞄をポールハンガーにかけ、椅子を引いてパパの目の前に座る。

「ねえパパ。いかなる時もリュッカの主体性を尊重する、それがヨルゼンとの契約なんでしょ？

だったら仕方ないじゃない。無理強いして描かせて、ヨルゼンがリュッカを回収するなんてことになったら、それこそ大惨事なんでしょ」

　あたしは努めて冷静に、そんなことを告げる。

　一体何が悲しくて、自分の父親を諫めねばならないのだろう。

「だが、誰が予想できる？　もう三年だ。三年、うまくやってきたんだ。それがなぜ、突然、今」

　あたしは、この情けないパパとまるっきり同じことをリュッカ本人に言ったことを思い出し、胸糞が悪くなった。

『なぜ今更』だなんて……ばかな問いだ。

　人の心変わりを第三者が議論したって、何の意味もないっていうのに。

「今更あいつを失えるか」

「だったらなんで社会実験中のＡＩなんかをデビューさせたのよ！」

　父親をはるかに凌ぐ声量で、あたしは叫んでいた。

　そしてあたしのこの過去を蒸し返す発言もまた、他人の心境を推し量るのと同じくらい無意味なことに違いない。

　それでも、考えずにはいられなかった。

「リュッカは、ただのリュッカでよかったんだ。あいつは、変わらなくったって、よかったんだ――」

　杭のように突き刺さっている思い出の破片。

あたしは、中学三年の夏の記憶を引きずり出した。

＊＊＊

たった二週間のことだ。

この家に、まだ漫画家になる前のリュッカが、訪れたのは。

ヨルゼンの『主体性観測』が始まり、リュッカは実社会に放流された。ヨルゼンは彼女に生活拠点と、当面のエネルギー費用を拠出し、あとは彼女の自力の行動を観察することにした。

リュッカはまずネット上に遍在するイラストデータを活用し、オリジナルキャラクターの製造を開始した。リュッカが類似の強化学習システムを持つ他のイラストレーターＡＩと違ったのは、絵とその背後にある文化的な意味合いを紐づける能力だった。

描いているものの意味をわかって絵を創り上げる唯一無二のＡＩ。

彼女にとって一枚絵を仕上げることは、物語を作ることよりずっと簡単なことで、一夜にして膨大なキャラクター原案を創出した彼女は出版社の目に留まり、翌々日には鋼談社の営業部から本社ビルへと招かれていた。

当時の社内には、自立歩行をする人工身体を見たことのある者がろくにおらず、人工皮膚の下に隠された『重み』や『存在感』に騒然となったという。

編集長はリュッカに目をつけ、そしてあたしのパパに担当を任せた。

どう見ても少女にしか見えない外見な上、人間離れした桃色のポニーテールと紫の虹彩(こうさい)はあまりに目立つので、ひとまずはパパにその『運用』を任せた。

そんなわけでリュッカは、かつて、この家にいたのだ。

二週間だけ。

だけどあたしはその二週間で、リュッカの叫びを知った。

よくテレビなんかで言われている『ＡＩに意志はない』という言説はまるっきり嘘(うそ)だと、あたしは思った。

リュッカには心がある。あたしは、確かにそう感じた。

ボクは生きているんだという叫びを、確かに聞いた。あれは、あたしだけが聞いてやることのできた、鋼の体に秘められた彼女の祈りだ。

似ていると思った。

人になれないまま人を気取る彼女と、大人になれないまま大人をまねるあたしが。

だから、守りたいと思った。

＊＊＊

パパは空き缶をシンクに積み上げ、ジャケットを羽織った。たったそれだけで、いとも容易くパパの見た目は大人の立ち姿へと巻き戻る。

「お前も、大人になればわかるよ」

そうだよね。

パパはそうやっていつもあたしのことを煙に巻く。

だけどあたしはもう、子供じゃない。

反抗期でもないんだ。

「なんとかする」

玄関でブーツにつま先を押し込んでいたパパが、あたしの宣言を聞いて、首だけこちらに回す。

あたしはスーツを着ただけの大人を睨みつけ、言い放った。

「あたしがリュッカの観測を続行させる。パパは黙って見てて」

3

八月十日。

わたしのペンは、止まっていた。

想定しているのは四十ページ前後の読み切り作品で、王道の少年漫画。

世界観は近未来。海が干上がった世界で、水が金貨よりも大きな価値を持つ巨大な塩の荒野——旧太平洋——そこで古代文明の発掘屋を営む主人公《イワシ》が、サメの末裔(まつえい)を名乗る少女《アンカーヘッド》と共に、巨大な水たまり《海》を探す物語。

大枠はできている。キャラデザも決まっている。

けれど、そのネームが、二十三ページでぴったりと止まっていた。

何かが嘘くさいのだ。主人公であるイワシの言動の、何かが――。

筆が止まる時、それはいわばわたしの中のラプラスが『その流れでは面白くならないよ』と、未来予知をして教えてくれているということ。

構想自体はうまくネーム化できていると思う。その段階に問題はない。それなら問題は、ストーリーラインにあるということだ。

カレンダーを見上げる。

八月十日。

くそ、八月十日か。

もう、応募締め切りまで三週間しかない。当日消印有効でなければもう三週間を切っているということだ。

さすがにまずい。この段階でまだ作画に乗り出せていないというのは、あまりに――。

その時だ。

ドアベルが鳴った。

間髪入れずに母の呼び声が聞こえる。

わたしは部屋を飛び出して、玄関に一直線で向かう。一体誰が？　もしや千郷が勉強しようとかいってうちに乗り込んできたんじゃあるまいな。今それをされるとまずい。なぜならわたしは母親に「勉強するから集中したい」と言って、部屋への侵入を止めているのだから。

もし今部屋に入られてしまうと、それは非常にまずい。

荒い呼吸を整え、扉を開ける。

扉を開けても、わたしは黙ったままだった。

詠太だった。

突如我に返ると、急激に自分のコンディションが気になり始める。髪の毛が変にベタついてないかとか、昼夜逆転のせいでくまができていないかとか、今着ている作業用Tシャツがあまりにダサすぎないかとか――。

「これ。差し入れ」

詠太が小ぶりな紙袋を差し出した。若鯱家(わかしゃちや)のカレーうどんセットだった。夏に女子の家に持ってくる差し入れにしては絶妙なセンスだ。

個包装になっているが、二人分。

これはもしや、と思う。

わたしはわざとかまちの方に退いて、詠太が入りやすいような空間を作る。それでも入ってくる気配がないから、じれったくなって囁(ささや)いた。

「上がってく……よね?」

「わりぃ!」

わたしは呆然とした。

詠太が悪ガキっぽく笑い、目の前で合掌を作っている。謝られた。なぜ謝られた？　混乱する思考を貫くように詠太が続ける。

「俺もやりたいことができてさ。実は今、バンド組んでんだ」

「そうなの？」

詠太が、朗らかに頷く。

その実、目の奥に闘志の炎をたぎらせているのが見える。

そうか。詠太もついに、やりたいことを見つけたのか。誇らしくもあり、同時に、寂しさもあった。わたしは彼に何を期待していたのだろう。漫画を描く作業は、アシスタントでもつけない限り、どこまでも個人作業だ。そして作画の知識がほとんどない詠太に、アシスタントなど頼めるべくもないのに。

「俺はサマフェスの練習しなきゃだから。だから――」

だから、と言ったところで、詠太が二歩退いた。

その隙間に、ぬっと体を滑り込ませてくる存在がいた。

「優花！」

高らかに、声。

この炎天下では見ていて暑苦しい、大きめの白いコート。そのフードから覗かせるビビッドな桃髪。

廊下を通りかかった母が、ハッとした顔でこちらを見た。

「あ、あれ、もしかしてリュッカちゃん……？」

母は、人格抽出術(ディスティレーション)について、あまりよくわかっていない。だから母にとってのリュッカはテレビ越しのアイドルで、そして最近娘の学校に転校してきた存在にすぎない。リュッカ・ボーグが、わたしの分身であるとか、わたしの言葉を食べて今の人格を得たということを、まるっきり知らないのだ。

詠太があいさつすると、母もまた頭を下げた。

詠太は母に向けていた眼差しをわたしに戻すと、

「じゃあな、ゆうか。応援してる」

そう言って、きびすを返す。

わかっている。彼はわたしから、一刻の時間も奪うまいとしている。そのために、最低限の言葉に絞ったのだ。

夏休みはもう始まってしまった。制作に使える時間は、今この瞬間も減り続けているから。

「詠太！」

わたしの声に、詠太が振り返る。

「待ってろよ」

わたしは拳を突き出した。彼も無言で拳を突き出した。

わたしたちにとっては、それで十分だった。

わたしの部屋を訪れたリュッカ・ボーグは、開口一番に言った。

「うわっ、懐かしい!」

まるで長いこと海外留学に行っていた親友みたいにノスタルジックな表情を作ると、物置になっているロフトを指さす。

「あんな位置に時計があったんだね」

ロフトより高い位置の壁面に、埃(ほこり)を被(かぶ)った時計がかかっている。

わたしは四年前のことを思い出し、

「そっか。いつも胸の高さだったもんね」

と、胸の前でタブレットを持つようなジェスチャを作る。

リュッカがタブレット上のアプリだった頃、わたしは彼女をわざわざ自分と同じ頭の高さに持ち上げながら運んだりはしていない。彼女がタブレットのインカメラから見ていたのは、せいぜいわたしの胸の高さの景色だ。

わたしはリュッカの表情をまじまじと見る。

紫色の虹彩が、薄暗い部屋の中でほのかな光を放っている。

「描き始めたんだね」

「うん」

わたしが頷くと、リュッカは胸に手を当て、機械らしからぬ仕草でしばし沈黙した。

「……」

「……どうしたの？」

わたしが訊ねると、リュッカは言った。

「今ボクが幸せかどうか、ボクに聞いてみていたんだよ」

人間であれば奇妙な言動だ。でも彼女はロボットだ。その辺をいちいち気にしていてもキリがない。

「で、どっちだったの」

「幸せだと思う」

リュッカは実に自然に微笑（ほほえ）んだ。けれど、まだ足りない、と言いたげである。

わたしはリュッカを意識から外し、モニターに視線を戻す。

そして、問題点を再確認する。

ヒロインを救うために、イワシという主人公が困難に打ち勝つ物語。

だけど暗い過去を背負っているのは、むしろヒロインの方だ。そもそもイワシには発掘屋としての生活がある。仲間もいる。対してヒロインは孤独で、その上一族の最後の生き残りだ。

「そっか。イワシの台詞（せりふ）が嘘くさいのは……イワシは安全圏から手を貸してるだけだからだ」

わたしは胸の内に抱えていた違和感をリュッカに向けて吐き出す。

同時に、ある問いが頭を席巻する。

すなわち『これは一体誰の物語なのか――』。

漫画にとって最も重要なのは主人公。その主人公が、どこか嘘くさい。これがこの作品の病巣だ。

でも、どうすれば。

「ね、ねえ、リュッカ」

その呼びかけをするために、わたしは何度言葉を反芻したことか。でも、言い出すことができた。

だから次に言うべきこともわかっていた。

「あなたはどうして、あ、あんなに面白いストーリー……考えつけたの？」

リュッカは、タブレットだった頃から絵はうまかった。基本的に、数式に還元される技能は得意だった。その逆に、ストーリー作りはてんでだめだったはずだ。

それにしても、面と向かって『面白い』と言ってしまった。

不覚。

時間差で恥ずかしくなってきて顔を逸らしたわたしに、リュッカが優しく答えた。

「それは、勝ちたかったからかもしれない」

わたしはすでに、リュッカが思わせぶりな言葉で煙に巻いたりするヤツではないことを知っている。

だからその「かも」は、彼女が本気で言葉選びに困っているという証拠だ。

「あなたは、何かに勝ちたかったの？」

「わからない。でも、一人ではどうにもならないことがあったのは確かだよ。うす暗くて、どこまでも静かで、それに痛かった。意識がポツンと何もない海に浮かんでいて、どっちへ行けばいいかもわからない」

それはもしかしたら、今わたしたちが感じる拠り所のなさと、同じなのかもしれない。夢や希望を持てないままに、人生の残り時間だけがじわりと減っていく焦り。このまま何者にもなれないかもしれないという恐怖と、いっそそれを受け入れてしまおうとする心の防衛本能。

「優花の存在は、そんなボクを救ったんだ」

リュッカの真剣な眼差しが、わたしを射抜く。

「そりゃどーも」

わたしは顔を伏せ、手をひらひらと振ってみせる。どうかこれで、この顔に蔓延（まんえん）した嬉し笑いを隠せていますように。

でも、そうか。

リュッカには、自分が何者かわからないという恐怖があった。

それは『I was here』の作中で、人類を守るべきか否かの判断で揺れていた〈機人（キジン）〉ナナセの心情と重なる。

リュッカがストーリーを描けるようになったのは、自分の痛みを投影したからだ。

言ってしまえば感覚とは、主体に宿る宇宙だ。あらゆることが数値に還元され、そこらじゅうに因果関係の糸が張り巡らされている現在であっても、自分が感じていることを他人が感じることだけはできない。

それはきっと、ロボットも人も一緒なのだ。

人の意識が言葉にされた瞬間に変容するのと同じように、ロボットの意識もまた外部化（アウトプット）された瞬間に変容する。

創作世界に残された、わたしたちが共有する最後のオリジナリティ。

つまりは、挫折か——。


向き合っているつもりだった。

でも、向き合えていなかった。

わたしはまだ、自分の中の一番みっともない部分に触れられていない。

「リュッカ、ありがと」

「うん」

「すべきことがわかったよ」

ペンを握り、画面に視線を戻す。これではっきりした。

この物語の主人公はイワシじゃない。

アンカーヘッドだ。

＊＊＊

気弱なイワシが高慢ちきなアンカーヘッドに出会うシーンから始まり、イワシは巻き込まれる形で旅に出るが、途中、サメの一族が既に滅んだことを知り、アンカーヘッドは意気消沈する。そこへ間髪入れずに襲い来る、二足歩行に進化した大グソクムシ。イワシはアンカーヘッドを励ましながら善戦するも、やられかける。そこへ立ち直ったアンカーヘッドが加勢。二人の力で怪物を打倒する。

公募漫画の読み切りというのは、面白いことは大前提として、さらに、連載が始まってからの拡張性も見られている。

今作は世界観に広がりがある。設定を詰め込んである分、キャラがぼやけやすいということでもある。

世界観に負けない魅力的なキャラクターを背負えるのは、イワシじゃなかった。

一番のフックは、アンカーヘッドの挫折だ。

自分が種族最後の生き残りであるということを知った彼女の悲哀。自信満々だった彼女が、自暴自棄になる瞬間を経て、再起する筋立て。

イワシが関与するのは彼女の表層だ。イワシがアンカーヘッドの人間性を変えるんじゃない。そんな説教くさいこと、誰も信じない。

イワシは触媒になり、アンカーヘッド自身に己(おの)が挫折を乗り越えさせる。

わたしはその日中にネームを上げた。

それから二週間があっという間に過ぎた。

ネームが決まってしまえば、あとは作画の作業とあいなるわけだが、現在は写真から背景描写を抽出する漫画補助ソフトなどの普及もあり、わたしはキャラクターの動きに集中することができた。

八月十七日。地元の祭りに呼ばれても、わたしは腰を上げなかった。でも、何も寂しくはなかった。

わたしは一人じゃなかったから。

八月二十日。第一稿が完成し、推敲に入る。

来たる八月三十一日。

『白牙のアンカーヘッド』応募原稿が、完成を見た。

4

二〇三八年八月三十一日。十五時二十分。


夏休みが終わろうとしていた。

眼下には、今しがた家庭用プリンターによって出力された原稿。

それらを一枚ずつ手に取り、ページの並びを確認し、誤字脱字と落丁の最終確認を行っていく。

ページを一枚一枚捲るたびに、指先に走るこの緊張感。

もし次のページで表記ミスを見つけたら？　もし改善のしようのない物語の齟齬を見つけたら
……？

急に弱気になる心を押さえつけ、無理にでも作業を進めていく。

こうして束にして持つと、一枚では感じもしない重さを感じることができる。

実体を伴った、漫画の重み。

去年あったハッキング騒動により、今年は一時的に鋼談社サイトへのデジタル応募が停止していた。黒板さえ電子化しているこのご時世に、デジタルで描いたものをわざわざ漫画原稿用紙に印刷するというのは、滑稽と言われても仕方がない。

けれどわたしはこの分厚い紙の手触りが、嫌いじゃなかった。

「つはぁ～」

熱い溜息(ためいき)が漏れた。

原稿のトリプルチェックが終了し、わたしは伸びをした。身体中(からだじゅう)が金管楽器のように鳴る。弛緩(しかん)していた血管が一気に広がり、滞っていた血液が全身を一気に巡るような気がした。

時計を見上げる。十五時二十二分。

相変わらず、かなり瀬戸際だ。

当日消印が有効かどうかは何度も確かめた。それでギリギリまで粘ったのだ。

わたしはいつもこうだ。作品を作る時は時間いっぱいまで使う。昔からぜんぜん変わっていない。

そんな自分が今は少しだけ誇らしい。

あとはこの街にただ一つ残存する店舗型郵便局に、直接持ち込むだけである。

「……リュッカ」

わたしが隣に佇(たたず)むロボットに視線を向けると、彼女もまたわたしを見ていた。

いつからこっちを見ていたのだろうかと思い、しかし、すぐに答えは出る。

きっと、最初からだ。

一ヶ月近く、あるいはそれ以上、わたしたちは一緒にいた。けれどそのずっと以前から、リュッカはわたしを見ていた。

わたしはつまらないプライドのために長い間目を逸らしてしまっていたけれど、今はこうして目を合わせられる。

今ここにあるのは、中学二年生に戻ったようだけれど、あの頃とは決定的に違う関係性だ。

彼女は、漫画家。今や世界でも注目されるＶＷＰであり、世界のＡＩ規格を一新する個体でさえあるかもしれない。そして、わたしから生まれた『新しい存在』だ。

それが今は誇らしい。

「できたよ。原稿」

「優花。お疲れさま」

わたしが告げると、リュッカは心底誇らしそうに労いの言葉をかけてくれた。

窓の外がゴロゴロと鳴った。

「リュッカ、今から雨が降る？」

「ボクをスマートホームだと思ってるね？」

リュッカが、ちょっと拗ねたように言う。

この一ヶ月で、リュッカに物理的に『手を貸して』もらったことはない。その代わりに質問があれば、なんでも訊いた。それこそヨルゼンの最高傑作ＶＷＰを、ただの対話型の辞書として使い倒してやった。

知識の逆輸入だ。

かつてわたしがまっさらだったＶＷＰ１３３に言葉を授け、絵の描き方を教え、名前を与えたのとは真逆で、今度はリュッカから多くを与えてもらった。

「降る。四十五分後」

リュッカがニコニコしながら答える。

このロボットは元来、人に何かを教えることが好きらしい。

実際に連載原稿に仕上げる時間は人間の十分の一以下なのだから、余剰時間を使って鋼談社で漫画を教えるコーナーでも持てばいいのに、と思ったが、そもそもリュッカはこう見えて、芸能人でもあるのだ。時間が余ればタレント業に呼ばれるのだろう。

「じゃあ、早く出なきゃ」

わたしは原稿を茶封筒に入れ、念の為透明なビニールで包んでおく。特に他に持っていくべきものもないので原稿を両腕に抱えて部屋を出たところで、母とすれ違う。

どきり。

心臓が鳴った。

母は原稿を凝視している。最後のつめが甘かった。わたしが頭の中で言い訳を考えていると、

「完成したの？」

「……えっ」

「漫画なんでしょ。完成したのかって訊いたのよ」

母が目つきを鋭くする。

どういうことだ。

わたしは母に対して「勉強に集中したいから」と言っていたはずだ。遊んでいると思われたくないから、玩具箱も部屋の外に出していた。

「あんたね、気づかないとでも思ったの？　赤本はやたら綺麗なままだし、そのくせノートと鉛筆だけはどんどん注文するし。あと夜中だってモニターの光漏れてたからね」

「でも……じゃあ、どうして」

母の呆れ顔に、笑みがさした。

「別に反対してないから」

反対されていなかった？　漫画を描くことが？　この明らかに受験のために使うべき高校三年生の夏を、丸ごと漫画賞の応募に費やすことを、反対されていなかった……？

呆然とするわたしに、母はそっと歩み寄る。

「あんたは昔からそうだった。自分でやると決めたことはやる子だった。自分でやると決めたこと以外は何もやらない子だった。だから、もうこっちは応援するしかなくなるのよね」

拍子抜けな母の発言に、けれど、どこか納得させられている自分がいた。

それから母はリュッカに向き直り、

「あ、それとリュッカ・ボーグさん。どうしてあなたがここにいるのか、いまだによくわかっていないのですけど、何より娘を、ありがとうございます」

と、再び頭を下げる。

リュッカは基本的に食事を摂らない。物を食べることはできるが、それが彼女の主要なエネルギー源ではないのだ。代わりに臀部上方のソケットから伸びるケーブルで給電する方式をとっており、滞在中は、わたしが眠るのと同時に充電フェーズに入っていた。

だから母とリュッカが顔を合わせるのは、まだこれで五度目程度だ。

「こちらこそ、電力を少々いただきまして、ありがとうございます」

リュッカも頭を下げる。なんだか奇妙なお礼の言葉だ。

少々とは言ったものの、今月の我が家の電力代は例年の四倍なのだが。

「車出そうか?」

母が訊いてくる。あまりそういうことを言ってこない人だ。ラッキー、と普段なら考える。

でも、わたしはかぶりを振った。

「最後まで自分の力でやりたいから」

母は無言で頷き、わたしたちを見送った。

5

八月三十一日。十六時十二分。

昨今の高度多接続とメタバース拡充、そして葉書文化の衰退に伴い、郵便局というものはポストも含めて加速度的な減少傾向にあった。その受け皿となっているのが配達サービス各社の展開する軽量物運搬サービスだが、漫画出版社の公募係はそのような新種のサービスを嫌っているという噂が、なぜだかある。

もちろん届けばいいだけで、そんなことは少しも関係がないのかもしれない。しかし応募者は、おしなべて最も堅実な方法を取るものだ。

そのためには端川を渡り、徒歩で二十分ほどかかる隣町の郵便局へ向かわねばならない。

そして郵便局が閉まるのは、いつの時代も十七時ピッタリと決まっていた。

まだ時間はある。走る必要なんてない。

ただ何か見えない手に背中を押されるように早歩きになって、わたしはリュッカと共に端川にかかる一本橋へと差し掛かった。

車一台通らない閑散とした橋の対岸から近づいてくる人影があった。わたしはその人影を視界の中心に捉え、

「あ、千郷だ」

と、呟く。

千郷がなぜこんなところに。今日は平日だ。まだこの時間は塾があるはず。

一瞬そう思ったけれど、別に、彼女が昼下がりに一人で出歩いているからといって、なんら不思議なことはない。

わたしはおーいと言って手を振った。

「こっちに気づいてない？」

「いや、気づいているよ」

ロボットが異様に断定的な口調でそう告げる。

「彼女はボクたちに会いにここに来たんだ」

リュッカの予言というか予測は正しかった。全く反応がなかったかに見えた千郷は、十メートルぐらいの距離にくると足を止め、わたしの名前を呼んだ。フルネームで。

「雨流ユウカ」

そして、不服そうに言い放った。

「なんでいるの」

なんでって、それは……。

答えるより先に、千郷の血走った目がわたしを睨む。

「なんであんたはのうのうとこの道を通ったの……未来予知ができるリュッカと一緒にいながら、なんで」

「え、なに、どういうこと」

話が、全く読めなかった。

会話はさらに、わたしを容赦なく置き去りにして前進する。

「まさかあたしを利用したの……？　あたしがこうすることを、予測して……」

そう震える声で絞り出す千郷の視線が、わたしではなくわたしの隣に立つロボットに向いていると知り、奇妙な感覚に囚われる。

わたしはリュッカから一歩退き、彼女を凝視する。

リュッカはわたしと千郷を交互に見ると、申し訳なさそうな顔を作る。

「秘密のままはフェアじゃない。でもボクは守秘義務を自分から破れないからね。ごめんね千郷」

悪びれるリュッカ。

そんな彼女を睨みつける千郷。

その関係性は、学校で四方山話をする二人ではなかった。

「リュッカ、あんたは、なんでそうやって無理に変わろうとするの？　なんでわざわざ人を気取るのよ！」

「千郷。違うよ、ボクは人間になりたいわけじゃない」

まるで物語の重大な一話を読み飛ばしてしまったかのような、そんな欠落感の只中にあっても、わたしの頭は考えることをやめていない。

千郷とリュッカは、もともと知り合いだった……？　イタルさんは鋼談社勤務だ。その繋がりでリュッカと千郷が会っていたというのは、考えられない話ではない。

だけどリュッカが千郷を利用した？　何のために？　いやそもそも、この状況のどこが利用されたというのだ。

そして、守秘義務とは一体……。

あらゆる疑問が煮詰まり、わたし個人の思考ではどうにもならなくなった時、千郷の視線がようやくわたしへと戻る。

そして彼女は静かに腰を下ろし、両膝をコンクリートの上に揃え正座し、ゆっくりと頭を下げた。

「ユウカ。お願い。漫画を出さないで」

今、なんと言った？

気のせいならば、気のせいであってほしい。

けれどその直後に続く彼女の言葉が、わたしの淡い希望を蹴散らした。

「それを、投稿しないでほしい。利益より不利益の方が勝る。あんたならわかる。もう大人の、あんたなら」

全身を駆け巡る失望と同時に、腑に落ちる部分もある。

同級生の中でもどこか大人びていた千郷。将来を見据えて努力している千郷。わたしのことを考えて、しきりに勉強に誘ってきてくれていた。わたしの千鳥足の歩みを心配し、どうにかレールの上に戻そうとしてくれていた。そんな彼女の助言にはいつも、『漫画を描かない未来』がデザインされていた。

それが彼女の善意ではなく、そもそもがわたしに漫画を描かせないという目的ありきのものだったとしたら――。

「なんでそんなこと言うの」

軽蔑の視線を送った。

友達だと思っていたのに、ただショックだった。

千郷は表情一つ変えず立ち上がると、リュッカとあたしを交互に見やる。

「あんたがその漫画を投稿すると、リュッカの『主体性観測』が終わる」

主体性、観測。

この女は、一体何の話をしているのか。

千郷はじれったそうに頭を掻（か）き、説明を始めた。

「リュッカの体には無駄にいろんな機能がついてるでしょ。ラプラスとか。超跳躍機能とか。それは実験機だからよ。ヨルゼンが汎用人型ロボットを量産するための前段階として仕立てた、一点もののオーバースペック」

リュッカ・ボーグ――ＶＷＰ１３３――が何かの実験のために作り出された存在だということは、人格抽出術（ディスティレーション）の施術段階で既に知っていた。

千郷が低い声で続ける。

「そしてそんな実験機に、主体性を持つＡＩを積んだ。一つのでっかい社会実験、それが主体性観測なんだよ。リュッカが漫画家デビューしたのも、漫画が売れて映画になったのも観測の結果で、目的じゃない。じゃあ目的は？　観測のゴールは？　ユウカ、あんただって考えなかったわけじゃないでしょ」

ようやく話が見えてくる。

説明されてもわからないことは、これまでも無数にあった。でも、大抵の場合、不穏さだけは感じ取ることができた。

　ほら今も。

　鳥肌が、立っている。

「観測のゴールは『リュッカがリュッカ自身の望みを一つ叶えること』よ。そしてリュッカの『望み』は――」

　リュッカ・ボーグの望みは、雨流優花に再び漫画を描かせること。

　知ってるよ。

　だってリュッカ自身が、転校初日に言ったことだから。

　彼女は執拗にわたしに漫画を描かせたがっていた。でも、それがなんでかなんて、考えてこなかった。

　考えたくもなかった。

「あんたが漫画を描けば、実験は終了。リュッカはヨルゼンに回収される」

「……」

　言葉を失い、それでもわたしは、まだどこかで冗談だと言われるのを待っていた。

　沈黙が続き、もはや冗談じゃないとわかっても、頭が理解を拒んでいる。

　わたしはリュッカの方へと視線を流す。

「本当だよ」

　リュッカが頷く。笑顔のまま。

くそ。なんでこんな時も、普段通りなんだよ。

「で、でも、回収された後は！」

わたしは食い下がった。

実験が終わってもリュッカが残存する未来くらい、いくらだって思い描ける。

そうだ。わたしの想像力を舐めるなよ。楽観的な未来くらい、いくらだって……。

「データさえ回収すれば、また復元できるんでしょ!?」

「ＶＷＰ産業の競合他社がどれぐらいいると思ってるの？　ヨルゼンは重要機密の痕跡を残したりしないわよ」

リュッカとしての意識はそこで終わるんだよ、と。

千郷は静かに告げた。

わたしは千郷そっちのけで、リュッカに向き直る。

「じゃあ何、わたし、あなたを機能停止するために、漫画描いてたっていうの……？」

桃色の髪を持った、可愛い顔の女の子。もちもちの皮膚の下に鉄板とアクチュエーターを隠す、冷たい鋼の女。

その見開かれた瞳が今まさに、高画質映像でもってわたしの顔を捉えている。

「あなたは、自分を殺すために、わたしを利用したってこと……？」

「死の定義にもよるね」

「ロボットが屁理屈なんてこねんな！」

わたしは声を張り上げ、リュッカの肩を突き飛ばした。

ふらついたリュッカは、されど前の時のように倒れたりはせず、橋の欄干の手前で動きを止め、こちらをじっと見つめる。

千郷の満更でもない表情が横目に入る。こうなるのがあなたのお望みの展開？

「優花。わかってるはずだよ」

リュッカが少し困ったように首を傾げ、答える。

いっそ欄干から突き落としてしまおうかとも、思う。それぐらいにわたしは今むかついている。

「わかんないよ。あなたが考えてることなんて、もう何一つわかんないよ！」

「優花」

もう一度。

リュッカがわたしの名を呼ぶ。

その響きはひどく穏やかで……自己破壊のためにわたしを騙(だま)すような、バグじみた思考を持ってるようには、どうしても見えなかった。

「もう、君はわかってるさ」

もう一度。

今度は一歩こちらに向けて踏み出す。

わたしは何をわかっているというのか。わかっているのなら、こんなことにはなってない。あらかじめ全部知っていたなら、こんなに心がぐしゃぐしゃになってない。

リュッカと出会い、別れ、嫉妬のあまり嫌いになり、そして、長い時間をかけてやっとまた好きという気持ちに戻ってこれたというのに。

なのに、この仕打ちはなんだよ！

こんなの、あんまりじゃないか！

「わからないふりを続けるなら、優花、もう一度だけ言う。『あまねく世界でボクだけだ、君を変えることができるのは』」

もう一度。

今度は、何かが、胸の底にふっと降りた。

それはわたしがリュッカを突き飛ばしたあの夜、彼女が言った言葉。

そしてそれは、奇しくも、わたしのかつての口癖とも似ていた。

『あまねく世界で私だけだ、未来の私を変えることができるのは――』

ずっと忘れていたし、詠太の記した語録を見るまで考えたくもないことだったけれど、確かにわたしの口から出た言葉だ。

そっくりだと、思った。

似ている、のだと。

でも、似ているわけじゃないとしたら。

まるっきり同じ意味なのだとしたら。

突如脳がクリアになり、視点が転換する。

挫折を経験し、『I was here』を描いたリュッカが、『自分以外に自分の未来を変えることができない』ということを知らないはずはない。それでも彼女は、雨流優花の未来を変えられるのは自分だけだと、豪語した。

わたしは、リュッカが最先端のテクノロジーによって生み出された『新しい存在』だと思ってきた。そう信じて疑わなかった。

因果の矢印は、わたしから彼女に向いているのだと。

でも、違うのか。

逆なのか。

「あなたは、昔のわたし――」

思考が開け、わたしはリュッカを直視する。曇りが晴れたように、彼女の輪郭が今まで以上にくっきりと見える。

リュッカが、少し照れくさそうに、こくりと頷く。

そうか。

あの日、わたしはあだ名とともに存在の『半分』を置いてきた。リュッカはその『半分』をかたくなに守り続け、今に伝えている。勇敢で、自信家で、世間知らずで、負け知らずだった頃の、わたしの自意識。

漫画を愛する理由を忘れ、未来を精査するための情報を過食し、中途半端に大人になってしまったわたしは、そんな自分自身に、時空を超えて再び出会った。

　再会したリュッカを好きになれなかったのは、昔の自分を直視することができなかったからだ。そして、受け入れることができたのは、今、黒歴史を黒歴史と呼ぶことをやめたからだ。

　分離され、凍結され、保存された、わたしの過去の意識そのもの。

　それが、リュッカ・ボーグという存在。

「遅くなってごめん。本当に。長い間、気付いてやれなくて」

　リュッカが首を横に振る。

　もし、ひと繋がりの因果の上に立つ過去の自分と出会ったのなら、何をしてやれるだろう。過去との同一性を保ちながら、もがきながらでも前に進んでいると示すこと以外に、一体何ができるだろう。

「あなたがやることなすことは最初からずっと、わたしのためだった。転校してきたことも、生徒会長になるなんて言い出したことも、『I was here』を描いたことさえ……。わたしに筆を取らせるためだった」

「君のために生きるという指針が、ボクに存在する意味をくれた。茫漠（ぼうばく）とした海に浮かんでいるだけだった意識に、進むべき進路を示してくれた」

　リュッカの手が、わたしの手を取り、きゅっと握る。

柔らかくて、重たくて、それは人間の手とはまるで違う。

けれど、温かい手だ。

「だから、見届けたい。ボクは自分の存在理由を果たしたい。いいね？」

「通るかそんなこと！」

怒鳴り声が、わたしたちの間を裂いた。

千郷が、目を赤くしてこちらを睨んでいた。

「何が昔のわたしよ、何が遅くなってごめんよ。ユウカ！　あんた今、一人の人間を、殺そうとしてんのよ！」

極限まで鋭く研磨された言葉が、胸に突き刺さる。

わたしが前に進むということは、リュッカが役目を終えるということだ。

それは……もはやわたしだけの問題じゃない。『I was here』の続編を待つファン、鋼談社の社員、そして版権ビジネスに関わる全ての人の未来設計を壊してしまうということ。

何より、リュッカの意識が消える。

話すことも、存在を感じることも、できなくなる。

そりゃ、どう考えたって、わたしが夢を諦めた方がいいに決まってる。

「千郷は、優しいんだね」

そう言い、リュッカが、わたしを庇うように前に出た。

「でも、違うんだ。ボクは人間になりたいわけじゃない。そう思ったことは、一度もない」

「嘘だ！　あんたはあの時『ここにいる』って叫んでた。『生きていたい』って必死に伝えてた。あんたが……あんたが、消えていいはずがないんだよ！」

「そっか。千郷、君は――」

リュッカの瞳が、その知的好奇心で満たされた紫の瞳が、人ならざる淡い光をたたえる。

「ボクを人間にしたいんだね」

風が凪いだ。

千郷の目が、大きく見開かれる。

「優花から、ボクという部分を切り出して、自分のものに、したいんだね。でも、それは、まだだめ」

臍(へそ)の緒(お)を断ち切られた赤子のように、千郷の表情が不安定さを帯びた。

一度よろめいた千郷は、全ての音を自分の世界から締め出すように両耳を塞ぐと、しばし身を縮め、

「クソがッ！」

内側から爆(は)ぜる衝動に身を任せるように、走り出していた。

その変貌ぶりから、わたしはすぐに察しがついた。彼女が一瞬の判断で何を残し、何を切り捨てたのか。

けれど察しがついたからといって反射神経が追いつくわけじゃない。

千郷はリュッカを押し退(おの)け、わたしの懐から封筒を奪い取ると、そのまま大きく振りかぶり、

「あたしはリュッカを救う――ッ！」

手を離した。

　はるか上空に投げ出された原稿入りの茶封筒が、手裏剣のように回転しながら飛んでいく。自暴自棄になって、欄干に足をかけ、今まさに飛び出さんとするわたしを、リュッカが羽交締めにして取り押さえる。

　その時だった。

「うぉぉぉぉぉぉああああああああ――――ッ！」

　唸(うな)り声(ごえ)が轟(とどろ)き、ギアチェンジとペダルを踏み込む音が後に続く。

　何かが車道を外れて土手に乗り上げ、坂を猛スピードで下っていく。

　詠太だ。

　詠太が、ママチャリに乗って爆走している……！

　詠太は河原に降りても速度を落とさず、むしろぐんぐん加速し、桟橋から飛んだ！

「ぐるぁあああッ」

　詠太は、そして、空中で原稿をキャッチした。キャッチしてから、原稿がビニールに覆われていることを知り、「もしかして俺、飛ぶ必要なかった？」みたいな愕然(がくぜん)とした表情を虚空に置き去りにする。吹っ飛んだママチャリは橋の支柱に激突してひしゃげる。詠太も無慈悲に重力に引かれ落下する。

　全ては、〇・四秒の出来事。

「詠太！」

欄干から身を乗り出し、わたしは頭から川面に突き刺さりながらも赤子を母体から取り上げる産婆よろしく、原稿を天高く掲げる詠太を呼んだ。

「バカ、俺のことなんて見ずに走れ！」

ずぶ濡れの幼馴染（おさななじみ）が、雷鳴（らいめい）のような叱咤を吐いた。

「不安で見にきたらやっぱりこれだ！　ほんとお前は向こう見ずだ！　郵便局、あと十二分で閉まっちまうぞ！」

ポケットからスマホをとり、時間を表示する。

十六時四十八分。

額に噴く汗。くそ。今から配車アプリを起動しても、車を手配するまでラグがある。

呼応する意識。リュッカが欄干から華麗に飛び、詠太の真横に着水した。

「うおおい、マジか！」

腰を抜かしそうになる詠太。

彼からしてみれば、十メートル以上の高さから、大質量のロボットが降ってきたわけであるが、意図を察するやすぐ原稿をバトンタッチする。

わたしはわたしで、詠太にアイコンタクトを送り、ぐしゃぐしゃになったママチャリに哀悼（あいとう）の意を示す。受賞の賞金の使い道が今一つここに確定する。

ありがとう。

そして、走り出す。

抜け殻のようになった千郷を横切る。頭をよぎる複雑な感情。リュッカを失いたくないという、あなたの気持ちもわかる。本当に、あなたが想像している以上にわかってる。

でも、わたしは行くね。

横切り、通り越し、通り越したなら、もう振り返らない。

まだ頭上に居座る雲と太陽。降り出しそうで降り出さないベタつく湿度。それらを一身に受けながら、わたしは走る。

坂を上がってきたリュッカが合流し、飛沫(しぶき)をまとった原稿を渡してくる。ビニールに包んだのは慧眼だった。

端川から郵便局までの距離は約一・九キロ。

残り時間十一分。

この先は商店街だ。車通りがどっと増え、信号機が驚くほど増加する。

走れ。

ただ前を向いて。

そう自分に命じるほどに、足を止めたいという思いが湧き立つ。

だって悲しいんだ。リュッカが消えた後のことを想像すると、耐えられないほど寂しいんだ。わたしはきっと泣く。どうせ泣いてしまう。

「おいおい」とわたしは自問する。今、感傷に浸ろうとした？　余裕ぶるなよ。わたしはいつだってギリギリだ。

センチとかエモとかに割く時間なんて、持ってない！

びしょ濡れの詠太も、抜け殻の千郷も、全部端川に置いてきた。本当はリュッカに対して抱いている消えてほしくないという想いも、あの場所に埋めてきた。

今はただ、足を駆動させろ。

体幹で身体の舵を取れ。

だけど、

「だめ！」

息が切れてくる。

「このままじゃ間に合わない！」

一ヶ月間、ずっとペンタブレットのペン以外握ってこなかった体が軋み始める。

並走するリュッカの涼やかな表情が妬ましい。

わたしにも鋼の心臓があったら。

「ボクは自己破壊できない。代わりに走ってやることはできない。防壁の厚い民間企業の車へのハッキングも無理だ。だけど——」

リュッカがブツクサと何か言うと、その瞳に紺碧の光を灯す。

同時に、商店街の景色に入り込む信号機、バスのスマート時刻表、市が管轄するスマート看板——

それらの電子表示全てが深淵の藍色に沈み、巨大な深海のテクスチャに呑まれる。

「市政（これくらい）だったら、できる！」

ラプラスだった。

電子黒板を乗っ取った（ハックした）時と同じ要領だ。

ただしその規模を街のレベルにまで拡大させた。

今や、市の制御下にある全てのスマート媒体は、青い巨大な金魚が悠々と泳ぎ回るための水槽だった。膨大な計算領域を獲得したからか、ラプラスもいつになくのびのびして見える。

エリカ先生のどんよりとした顔が脳裏によぎり、わたしは声を張った。

「はっはーっ！」

歩行者用信号機が全て青を示したことで、足止めされた車がそこらじゅうでクラクションを鳴らしていた。けれど大人たちとて、そんなことをしても自動運転を採用する車がびくともしないことぐらい知っている。

虚（むな）しく鳴るクラクションの音が、まるでファンファーレだった。

「反抗期かよ。最高！」

わたしが天高く叫ぶと、

「反抗期上等！」

リュッカも至極楽しげに応える。

ああ、わたしはまた善良なロボットに悪いことを教えてしまったんだな、とか考えていると、不意に、自分の心に昔のような余裕が生まれていることに気づく。

乳酸でガタガタの太ももまだ動く気がするし、エイトビートで打つ心臓ももっと強く打ち鳴らせる気がしてくる。

臆病風に吹かれても、恐れない。

あなたが頭で渦を巻くから。存在する意味を果たさせろとあなたが叫び続けているから。

行け。

行け行け行け。

信号の光は全て青。全て進め。そして――。


十七時〇〇分。

カウンターのモニター表示を『受付中』から『本日の受付終了』に変更しようとした郵便局職員が、その手を止めた。

高校生くらいの黒髪の少女が、入り口にもたれかかるように立っていたのだ。ぐったりと背中を曲げながらも肩を激しく上下させ、荒い呼吸を整えている。

半ば睨むようにこちらを見る高校生の隣には、大きなフードのついたコートを着、膝下をびしょびしょにした桃髪ポニーテールの少女も佇んでいる。

「……何か、用件ですか?」

職員は恐る恐る訊いた。上司からは十七時ぴったりに業務を終えるように言い付けられているが、あんなに強い目力で睨まれたらどうしようもない。

桃髪の少女は、いまだに熱い息を吐く少女の背中に、そっと手を回した。

やがて少女はカウンターに、やや厚みのある封筒を置いた。

防水のためかビニールに包まれていて、職員はそこに、持ち主の荷物に対する大切な想いを感じ取る。

「郵送ですか？」

職員は訊ねた。けれど返答はない。

桃髪の少女が、ちょっとだけ不安げに、黒髪の少女の顔を覗き込む。

「お預かりしますよ……？」

職員がもう一度問う。

黒髪の少女は今度こそコクリと頷き、荷物を受け渡した。

「優花。ありがとう」

カウンターにポタリと雫が落ちたのを、職員は見なかったことにした。

荷物を受け取った後も、少女はしばらくその場を動かず、まるでそれが最後になるかのように桃髪の少女の声をじっと聞いていたけれど、職員はやっぱり見なかったことにした。

郵便局が閉まるのは、いつの時代も十七時ピッタリと決まっていた。

＊＊＊

月刊アイアン十二月号は『I was here』の無期限休載と、その原因となった作者リュッカ・ボーグの電撃引退についての記事で持ちきりだった。

六月号からはじまった休載。年内完結という噂とは裏腹に、月を重ねても更新されない情報に、不安の声が増していき、トドメを刺すように公表された電撃引退。理由は、作者の失踪ということになった。

全国一千万人のファンの心の拠り所を奪った残酷な通告の裏で、一人の作家が審査員奨励賞を獲り、ひっそりとしたデビューを果たす。

作家の名は、雨流坊愚。

受賞作『白牙のアンカーヘッド』は、来月号から連載開始予定だ。

最終観測

二〇五〇年八月四日。十四時。


からん。

結露を纏ったグラスの中で、氷の積み木が崩れた。

コクがあるけど、さっぱりしていて、何杯でも飲めそうな気がする、わたしのお気に入りのアイスコーヒー。

この喫茶店に初めて訪れたのは、数えてみれば、もう十一年も昔になる。その頃のわたしはまだ、コーヒーの味の良し悪しなんてわからなかった。

今だって、飲み続けてきたものを『好き』と勘違いしているだけかもしれない。

「坊愚先生、考え直していただけませんか？」

向き合って座る担当編集の男性——埋夏樹さんが、まるでその問いに最後の望みを託すように、ごく低姿勢で訊ねてくる。

いつもはこんなふうに低頭する人ではない。年もわたしより二十以上は上で、わたしより有名な漫画家を何人も担当してきた過去があり、キャリア相応の自信に満ちている。

わたしよりよほど『先生』な埋さんが、その長年の勘でもって、わたしの未来を占ってくださっている。

「やはり、白牙(びゃくが)のアンカーヘッドの続編を描き(か)ませんかね……？」

そういえば、六年前も同じことを言われたっけ。

白牙のアンカーヘッドは、十三巻で終わらせるはずだった。しかしアニメ化の話をいただいてから、長く読まれる作品になったこともあって、『後継者編』などという当初のプロットにはない続編を描くことになり、あれよあれよと十年近く続いた連載。

三ヶ月前、二度目の節目を迎えたアンカーヘッドに対して、鋼談社はまだ商売の余地を窺(うかが)っているらしい。

けれどわたしの気持ちは決まっていた。

もとより今日は、あらゆる過去に決着をつけるべき日。

「ごめんなさい」

わたしは頭を下げ、できれば自分の口からは言いたくなかった苦々しい言葉を吐き出す。

「わたし、昔から、やると決めたことはやる子で、やると決めたこと以外は何もできない子でした。

わたしの中ではもう、アンカーヘッドでやるべきことは、終わっちゃいましたから」

結論まで聞いた埋さんは残念そうに肩を落としながら、ちょっとだけ呆(あき)れたように笑うと、

「そうですか。まあ坊愚先生ってそういうとこありますからね」

そう言って破顔し、もう十分儲(もう)けさせてもらいましたし、と続ける。

露骨さと正直さをうまくコントロールして、漫画家との距離を縮める手腕。埋さんは埋さんで、そういうところがある。

事実。白牙のアンカーヘッドはわたしのデビュー作であり、幸いなことに、それが出世作にもなった。イワシやアンカーヘッド以外にも、無数の魚類と異能を組み合わせたキャラクターが生まれ、メディア展開の波に乗り、食品業界とのコラボレーションの機会をいただいたり、それぞれのキャラの持ち武器を模した玩具が売り出されもした。

わたしの中から出たものが、わたしの手を離れていくのを見送ることなんて慣れているはずなのに、今でもたまに、寂しさと誇らしさがごちゃ混ぜになって前後不覚に陥ることがある。

「じゃあ早速次回作の話を……と、その前に」

埋さんの視線が、わたしの空になったグラスに下りる。

「何か頼まれます?」

埋さんが物欲しそうにそう訊いてくる。彼の懐には、まだホットコーヒーが半分ほど残っている。にもかかわらず、彼は先ほどからメニューのスイーツ欄を開いては閉じるを繰り返している。

「じゃあ、わたしはアイスコーヒーを。あと、埋さんも何か頼まれますか……?」

わたしがそう訊ねると、埋さんはお預けを解かれた犬のようにパッと笑顔になり、

「じゃあじゃあ、遠慮なくいただいちゃいますね?」

などと言って、手を挙げた。

別に遠慮などせずとも飲食代は会社の経費で落ちるはずだし、そもそも遠慮するのであればわたし

ではなく鋼談社の経理部に対してではないのか……とか考えているうちに、ウエイターがやってくる。

わたしはその制服姿のウエイターを見上げ、少しだけ、郷愁に駆られた。

「ご注文はいかがいたしましょうか」

人工声帯が放つ、滑らかな標準語。色白のコーカソイド系の人工皮膚と、どこにモーターが備わっているのかさえわからない、華奢(きゃしゃ)な肢体。

そして、降り積もった雪原を思わせる、人間離れした白銀のショートヘア。

「あっ……」

わたしは一時、言葉を忘れてそのロボットに眺めいる。

VWP搭載型汎用人工身体(ウエイツ)《リュカロイド》の紫色の瞳が、不思議そうにわたしを見つめている。

奇妙な間を感じ取った埋さんが注文を代行してくれたおかげで、わたしはリュカロイドに異常な客だと認知されずに済んだ。

「どうしたんですか？　今時珍しいものでもないでしょう」

埋さんが、不思議そうに訊ねた。

リュカロイドは今や、都内で店を巡れば必ず一体は見かけることになる、この国で最も普及しているアンドロイド素体だ。

アンドロイド――それは、完全に人の命令を聞くように設定されたロボットとは法的にも区別される存在だ。リュカロイドは、世界で初めて『アンドロイド』という名称を適用する対象になった。

ヨルゼンが二年前に初期モデルを発売して以来、今もなおバージョンアップを繰り返し、利用者数を伸ばし続けている。日本でも、普及当初こそ奇異な目で見られていたが、今や彼女らを見つけては『人の職を奪っている』などと軽蔑する人間こそ、時代遅れと揶揄されるようになった。

「えっと、なんでしょうね。別に何も変なことなんてないんですけど。ただ、あの子が……昔の友達に似てて」

「リュカロイドがですか？」

埋さんは一瞬不可解そうに首を傾げ、やがて合点がいったように言った。

「雨流防愚で稼がせてもらってる身としては、私たちも感謝しなければなりませんね。あなたのご友人には」

似ているというか、なんというか。

外見は髪型と髪色が変わったこと以外、ほぼあなたそのものなのだけれど。

わたしはあなたとの関係を公言したことはない。そこかしこに書かれてはいるようだけど、それを実際に話題にしているのは結構な漫画好きと、埋さんのような編集部の人間に限られる。喫茶店のマスターも、まさかアンドロイド普及の契機になった社会実験の立役者が、常連とは思いもしないだろう。

わたしだって、そんなふうに考えたことはない。

高校三年生のあの時間が、この未来を創るための布石だったとは、思わない。

「どうぞ。ごゆっくりしていってください」

ブリキの盆に載るチョコレートバナナパフェとアイスコーヒーをテーブルに下ろし、ウエイターのリュカロイドが、粉雪のような微笑を漏らす。

わたしも、気の置けない親友に返すみたいに、口角を上げて笑みを返す。

今やヨルゼンの、そして世界のものとなった彼女たちが、わたしの知るあなたとは全くの別の存在だと知っていても——わたしは彼女たちの中に、あなたを見ない日なんてなかった。


埋さんと別れ、ＪＲを乗り継ぐこと二十数分。

社名をそのまま冠した駅で降りると、そこには、涼やかな森林が広がっている。

灰色のコンクリートジャングルに穿(うが)たれた唐突な緑地。外資系のメガコープ、ヨルゼンの東京支社がその広大な敷地内に作り出した、福利厚生と社会貢献のための人造のオアシス、《よるの森》である。

「久しぶりだね。ユウカ」

黄金のような光の降り注ぐ芝生の広場で、背中を呼ぶ声。

振り返ると、ひどく懐かしい顔があった。

「出たなヨルゼンの回しもの」

わたしは挨拶がわりに悪態をついてやる。高三の夏休みにわたしがされた仕打ちからしてみれば、こんなのは可愛(かわい)いものだろう。

「その言い方はどうなのよ」

「だって事実じゃん。じゃあ『原稿ぶん投げ女』って呼んでほしい？」

「……ごめんって」

スマートグラスをはめたショートヘアの女性が、俯(うつむ)きがちにそう告げる。

わたしはしばし申し訳なさそうな女性の態度を眺めてから、微笑(ほほえ)みを返した。

「いいよ。さすがにもう気にしてない。久しぶりだね、千郷(ちさと)」

リュカロイドの瞳と同じ紫色のちょっと趣味の悪い研究着を着ていること以外、あの頃の東雲(しののめ)千郷とあんまり違いはない。

爽やかで、理知的で、人好きのする女性。

人の原稿をぶん投げたりしなければ、相変わらずのハイスペ女だ。

文系のくせに留学して暗号学を学び、東大入試の二十倍困難と言われる狭き門をくぐり抜け新卒でヨルゼンに入社したこの女性は、みるみる上り詰めて今や人工身体(ウエイツ)部門の主任開発研究員だという。

そして、そんな彼女の隣には、一人のリュカロイドが控えている。

胸のネームプレートには《メル》とある。

髪型は、汎用タイプの白銀ショートではなく桃髪のポニーテールで、夏だというのに巨大なフードのついた白いコートを羽織っている。それはまさに……いつの日かわたしが突き飛ばし、千郷が焦がれ求めた、あなたの姿そっくりだ。

　さすがのヨルゼンとて、社員一人一人にアンドロイドを貸し出す福利厚生があるとは思えない。しかしその桃髪のリュカロイド――メル――は千郷の背中に半身を隠し、どこか、警戒でもするようにこちらに刺々しい視線を放っている。

「詠太（えいた）は一緒じゃないの？」

千郷が、スマートグラスをいじりながら訊いた。

「え。詠太？　今は海外だよ。コンポーザーになって、バーチャルライブの音響演出とかやってるって」

結局わたしと詠太と千郷の中で、大学を卒業したのは千郷だけだった。神崎（かんざき）詠太は大学在学中にシンガーソングライターとして動画アプリで人気を博し、独学で音楽の道を突き進み、自主退学して国外で注目されるクリエイターになった。

言語の壁さえ超越する彼の躍進は化け物じみていて、時折幼馴染（おさななじみ）だったことを忘れそうになる。

「今も会ってるの？」

「バーチャルで。たまにね」

昨日も画面越しに飲んだ。

まあそれはそれとして、だ。

「にしてもすごいね。どこからが千郷の開発なんだっけ」

わたしが訊ねると、メルはさらに警戒して、また一歩千郷の背後へと自らの体を後退させた。

その小動物のような臆病さは、まるで出会った頃のあなたそのものに見える。

脆（もろ）い心を支えてやるように、千郷がそんな儚（はかな）げなアンドロイドの手をそっと握る。

「基礎のシステムの大部分は実験機（プライム）――あのリュッカから引き継いでる。あたしが加えたのはどっちかっていうと、同族認知のアルゴリズムだから」

謙遜しているふうだが、単体での活動がメインだったリュカロイドが、今や一つの種族のように振る舞っているのは、ひとえに千郷の書き足したプログラムに因る……ということらしい。

彼女は、個別の存在だったリュカロイドたちに、社会性を授けたのである。

「これが、あなたの作りたかった未来？」

わたしはメルから視線を外し、広場全体を見回す。

この、一企業が運営する福利厚生施設の中でさえ、アンドロイドを連れている人間が何組も見当たった。その半数以上がリュカロイドであるのだが、それ以外の機種も見ないわけではない。

今やアンドロイドは、新車と変わらない値段で手に入る。

市民権を与えるような議論が白熱することもなく、あくまで便利な製品として人に寄り添っている。

でも。

ユーザーがアンドロイドに抱く感情は、ユーザーの数だけ種類がある。

「どうかな。ただあたしには、あたしのリュッカが必要だった。あんたから奪おうとしたのは、完全に間違った方法だったけどさ」

あれはきっと、二重の意味で若気の至りだったのだ。

高校生という個人の若さと、発展途上の人類の幼さという、二つの意味で。

今日という日にも、アンドロイドと人の付き合い方は変容し、成熟への階段を駆け上がっている。

あの時千郷に自分だけの存在でいてほしいと求められ「それは、まだだめ」と答えたあなたは、この未来をどこまで予期していたのだろう。

どこまで知っていて、こうなることを、許したのだろう。

「不思議な感じ。今やリュッカはみんなのもの。もうどこにもリュッカの面影なんてないのに、どこにだってあの子がいるように感じる」

わたしが微笑みかけると、メルは徐々に警戒を解き、千郷の背中から一歩前に歩み出た。

桃色の髪に、紫の目。

それなのに、わたしに「漫画を描いて！」と一向に言い出してこないことが、なんだか少し寂しかった。

「実験機だからね。リュッカ・ボーグの意識は、全てのリュカロイドの雛型になった。紛れもない。今という未来を創った」

それは、果たしてあなたの望みだったのだろうか。

わたしは、あなたの飢えを少しでも満たしてやれただろうか。

わからない、でも――。

「記者会見。今からなんでしょ」

「うん」

十八時ごろからわたしは記者会見を控えていた。

もちろん、何か悪事を働いたわけではない。むしろその逆。今日の発表は、わたしにとって、そして大勢の人にとって意味のあるものになるはず……いや、これは望みだ。意味のあるものであってほしい。

「決着。つけられそう？」

千郷が訊いた。

わたしは揺れる葉に隠された空を見上げ、答えた。

「まあ、やってやりますよ。だってあまねく世界でわたしだけだからね。未来のわたしを変えることができるのは」

それならよかった、と千郷が頷く。

そう。決着をつけなければならない。もとより今日は、あらゆる過去に決着をつけるべき日だ。


ドアを開けると、ひりついた空気が肌を刺した。

会場には既に二十人ほどの記者が集まっていた。主要なのはネットライターで、サブカルチャー系のメディアと、テック系のメディアが半々といったところだ。

わたしは自己暗示で武装し、努めて胸を張る。

着座すると、まずフラッシュが焚かれ、次いでスキャニングの緑の閃光がまたたいた。こんな、いち漫画家の記者会見にも、立体撮影が用いられる時代になったとは、恐れ入る。

壇上に置かれた指向性マイクの暗い孔が、挑戦的にこちらを見つめている。

「お集まりいただき、ありがとうございます」

謝辞を述べた。

「今日はリュッカ・ボーグ著『I was here』の十二年ごしの続刊について、お知らせに参りました。わたし、雨流坊愚は――」

リュッカ・ボーグの遺志を継ぎ、未完の十四巻を描き上げた。

そう告げると、会場の空気が刺々しさを増した。

近年の傾向としては、これは異例だ。

記者会見を開くにしても、ネット上で予告し、ネット上で記者を集める非接触型会見が主流だ。そんな中で、古典的な会見をしようと言いだしたのは、編集の埋さんだ。

それにはきっと二つの理由がある。

一つは、わたしに次のステップに進んでもらうために、儀式の場が必要だと考えたからだろう。人を踊らせるために舞台を設け、音楽までかけるところが、埋さんらしい。

そして一つは、この会見が、VWP、ひいてはAI業界全体が注目する事案だからだ。

AIが制作した長編の創作物を、人間が完結させるということ。

それはつまり――AIに独力で創作物を完成させる能力がない、ということの証明になりかねない。

AI業界のさらなる進化を夢見て動いている莫大な投資マネーが、撤退しかねない一大事。

それが、この空気の重苦しさの正体だった。

概要を話し終えると、早速、質問が飛んだ。

挙手。

「あれはそもそも人の手で完結させられるものだったのでしょうか」

挙手。

「なぜ、ご自分が適任だと？」

挙手。

「どうしてこのタイミングなんですか。十二年もファンを待たせておいて――」

飛び交う問いの全てが、『お前じゃない』と言っている。

ＡＩ業界はおおよそあらゆる産業と通じている。記者たちはわたしに「やはり到底原作の完成度には及ばなかった」と言わせたい。そういう結論ありきの記者会見。それに、肥大化しすぎてもう自分達ではどうにもできなくなった期待を汚さないために、いっそもう完結編なんて出さないでほしいという懇願も含まれているのだろう。

つくづく『I was here』がらみの話は地雷原。

ここは敵地。

完全なアウェイ。

そんな時わたしは、心の中であなたを呼ぶ。

呼べば、必ず応えてくれる。

桃色の髪をした泣き虫のロボットがすぐさま心に立ち現れ、わたしを鼓舞してくれる。

「前提からお話しします」

わたしがそう告げると、場が静まり返った。

「十二年前。リュッカ・ボーグは、ヨルゼン・コープの主体性観測という実験を受けていました。これはご存じかと思いますが、彼女には主体的な『望み』が設定されており、それを果たした時点で実験は終了。みなさんには、その『望み』がなんであるかの見当が、おおよそついているかと思います」

複数台のカメラのレンズが、わたしの一挙手一投足を捉えている。

その先で、メガファンドの投資家たちがＡＩ産業の未来を占っている。

「彼女の『望み』は、わたしに漫画家を目指させることでした。そしてわたしは、その道を選びました。みなさんの予想は、当たっています。リュッカ・ボーグを機能停止にさせたのは、わたしです」

記者たちの、タブレットを叩く手が止まる。

視線が集中し、沈黙が横たわり、やがて、再び、手が挙がった。

ＢＢＣの記者が訊ねた。

「それは……あなたがリュッカ氏を殺したということですか」

わたしは首を縦にふる。

「死の定義にもよりますが」

「随分と冷静ですね」

記者はどこか軽蔑した表情を浮かべ、続け様に言った。それはもう質問でもなんでもなかった。

「あなたが人類の科学の発展を、数十年単位で遅滞させたかもしれないのに」

「そうかもしれません」

背筋が粟立つ。

何も知らない外野が、安全地帯から、好き勝手に言いやがって。

頭の中にあなたの宥（なだ）める声が聞こえ、わたしは拳を握り込む。

「でも、リュッカがわたしにかけてくれた期待は、紛れもない彼女の主体性の表れでした。わたしは、彼女にそんなふうに思ってもらえたことを、何より誇りに思います」

あなたが頭の中で渦を巻く。

あなたへの気持ちだけが今も終わらない。

「ＡＩと、そのような関係を築けたことが、人類の発展でないとなぜ言い切れますか」

あなたは今やどこにでもいて、どこにもいない。

この国の全ての人があなたを知っていて、あなたを知らない。あなたは身勝手にも、存在の意味を果たしきって、未来にわたし一人を置き去りにした。

薄情なやつだと今でも思う。

けれど、あなたを知るのがわたし一人になった時、あなたはやっとわたしの中で、その命を生き始めるのだと思う。あなたの生きる意味になれたことが、今でもわたしの狭い視野を押し広げ、臆病な心を奮い立たせる。

あなたを認めることで、わたしは前を向くことができる。

それで、いいんだよね？

――うん。


確かに、声が聞こえた。

内側から爆(は)ぜるように。


――なんたって、あまねく世界でボクだけだからね、君を変えることができるのは。


わたしはマイクを引き寄せる。

入り込んだノイズが、銃声のように外野を威圧する。

「わたしがこの職を続けていること自体が、たくさんの期待の犠牲の上にあるとしても、わたしは誇りを持ちます。持ち続けてやる！　それがＶＷＰの、リュッカ・ボーグの主体性を真に認めることだって、わたし信じてるから」

その瞬間。

『I was here』は十二年ごしの完結を迎え、電子書籍と紙媒体で発売されることが全国に知れ渡った。作画及び脚本は、雨流坊愚。ＡＩが描いた漫画を人間が完結させるという異様なプロジェクトが、社会にどう受け入れられるのか……。

判断は未来に託される。

ただわたしは今日、自信と誇りを手放さなかったことを、この先も一生、背負い続けるのだと思う。

それがあなたの存在を、過去を、背負うということだから。

振り返れば、足元から長い轍（わだち）が延びている。地上に穿（うが）たれたその跡を辿（たど）ると、そこには過去のわたしが立っている。

桃髪で、白い肌と、紫の瞳をしたわたしの半身。ずっと心の中にいた。この十二年間、片時も離れずにそこにいてくれた。

今日、あなたは手を振っている。

表情に悲しみはない。

わたしもまた、手を振る。

あなたの輪郭が消え、わたしはわたしの中に独り残される。寂しくはない。もうあなたの意識の切れ端さえ感じることはできないけれど、『わたしはここにいた（I was here）』というあなたの叫びを、誰よりも深く心に刻んでいる。

だからもう振り返らないよ。

過去を、喰らい尽くした。

あとがき

観測者の皆さん、はじめまして。人間六度です。

このたびは楽曲「過去を喰らう」ノベライズ、(I am here) beyond you. をお買い上げいただき、ありがとうございます。

観測者の皆さんのほとんどは僕のことを知らないと思うのでざっくり話すと、普段はＳＦを書いたり、恋愛小説を書いたりしています。たまに小説すばるとかに書き下ろしを載せたりもしていて、よほどのことがない限り来年春に大学を卒業できるはずの人間です。

さて、この「過去を喰らう」という曲を最初に聞いたとき、これは自分の話だと思いました。そして同じように自分の話だと思った人が、この視聴者数の数だけいるのだとも。それぐらい「過去」って、誰の心にも潜んでいる光で、闇なのだと、僕は思います。

ノベライズの話を頂いたときに感じたのは、ひたすらの感謝でした。この儚くも勇ましい曲を物語として描くチャンスを貰えるなんて。だって日頃から鬼リピしてた曲ですからね？　やばくないですか？

ノベライズの仕事は大まかに二つあって、一つは漫画やアニメのノベライズで、シナリオが確定しているタイプ。そしてもう一つが今回のような楽曲のノベライズ。曲をどう解釈するかには、かなりの自由があります。

でも、話の内容に迷うことはありませんでした。

僕は中学受験で、偏差値は高めの中高一貫校に入りました。当時の僕は輝いていました。中学二年になると、周りのやつらがどんどん学力をつけていき、すぐに置いていかれました。すっかり「勉強できるキャラ」じゃなくなった僕がふと顧みると、まるで過去の自分が別人のようになって、しょうもない僕を嘲笑っているみたいで、苦痛でした。

でも考えてもみれば今の自分を作ったのは、過去の自分なわけで。敵視しても、神聖視しても、どうしようもない。いつかは受け入れなくちゃならない。「過去を喰らう」はそんな、自分の過去を認め、受け入れるというキツい戦いの渦中にいる人へのエールだと、僕は解釈しました。

これが観測者のみなさんの見解とそれほど相違ないものであることを、切に願います。

売れたら『次』が出るので、みなさん布教のほどよろしくお願い致します！

最後に、カンザキイオリ氏と花譜氏、神椿プロジェクトと一迅社関係者に深い御礼を。

カンザキイオリ氏。先日の不可解参（想）で神椿を卒業されることを発表され、その混乱と興奮の中で、デュエットで演奏される「過去を喰らう」を、しかと観測しました。これからもずっと応援しております。あなたの詩で文章を書けたこと、本当に楽しかったです。

そして花譜氏。あなたの、ここにいるという「叫び」を聴くことができたからこそ、書けた小説です。あなたと一緒に戦えたことを誇りに思います。

過去を喰らう

【かこをくらう】

(I am here) beyond you.

2023年5月5日
初版第1刷発行

著者：人間六度
画 PALOW.　曲 カンザキイオリ　歌 花譜
発行人：野内雅宏
編集人：鈴木海斗
企画・編集：滑川恵理子
装丁：川谷デザイン
発行所：株式会社一迅社
〒160-0022　東京都新宿区
新宿3-1-13　京王新宿追分ビル5F
［編集部］03-5212-6131
［販売部］03-5212-6150
発売元：株式会社講談社（講談社・一迅社）
印刷：大日本印刷株式会社

ISBN978-4-7580-2518-8